国王の受難

デルフィニア戦記外伝４

茅田砂胡
Sunako Kayata

C★NOVELS Fantasia

口絵・挿画　沖麻実也

目　次

王女誕生までの七日間

国王の劇的な王座奪還からまもなく。

さらなる激震がコーラル城を襲った。

国王が「養女を取る」と言い出したのだ。

血のつながりのない娘を、デルフィニアの王女にするというのである。

無論、前例のないことだ。

多少なりとも王家に連なる血筋の娘ならまだしも、生まれも素性《すじょう》もわからない娘である。

しかも、デルフィニア人でもない。

城内は大混乱に陥《おちい》った。

陛下は何を血迷ったのかと嘆《なげ》く声が多かったのは当然だ。

ただ、意外にも、国王のこの爆弾発言に諸手を挙げて賛同——とまでは言わないにしても、控えめに容認する人も少なくなかったのだ。

その筆頭が女官長のカリンである。


今このコーラル城に住む王族の女性はいない。

従って後宮も空《から》だったが、さっそく部下の侍女《じじょ》にあれこれと指示を出し、若い娘にふさわしい部屋を整えさせると、山賊のような身なりの少女に丁寧《ていねい》に話しかけた。

「奥棟にお部屋をご用意致しました」

「え？」

少女はきょとんとなった。

王宮に滞在するようになって何日か経っているが、彼女は今まで本宮の中で寝起きしたことはない。

暖かい季節でもあるので、山の中で野宿していた。

食事も同様である。本宮の壮麗《そうれい》な食堂に顔を出したことは一度もない。

何しろ大勢の人がいるコーラル城だから、二《に》の郭《かく》にも三の郭にも食べ物を出す場所には事欠かない。

三の郭のラモナ騎士団の官舎に混ぜてもらったり、一般兵士たちの食堂に紛《まぎ》れ込《こ》んだりしていたらしい。

黄金の髪を隠してしまうと、少女は小者のように見える。唯一、腰の大剣が小者にしては不相応だが、布でくるんで背中に負い、目立たないようにしているらしい。

そうした事情を、カリンは既に、部下の侍女から耳にしていた。今まではかまわずにいたが、国王が『養女にする』と宣言した以上、この少女の扱いをさっそくあらためなくてはと思ったようだった。

「我が国の王女となる方に野宿などさせられません。——どうぞ、こちらへ」

少女は釈然としない顔だったが、肩をすくめて、おとなしくカリンについて行った。

城内を好き勝手に歩き回っている少女も、奥棟へ入るのはこれが初めてだ。

どこの国の城にも言えることだが、表部分は男たちが働く施政の場であり、来客を迎える公式の場だ。対して奥向きは、王妃やその子どもたちが暮らす、国王の私的な住居である。

少女は廊下を歩きながら、珍しそうに辺《あた》りを見渡していた。

表部分とはかなり雰囲気が違う。

コーラル城は、少女が今までこの世界で見てきたどの建物よりも立派な建物だった。

特に表部分は、堂々たる風格を感じさせる壮麗な宮殿だが、この辺りにくると、豪華《ごうか》さは同じでも、柱のつくりや天井の装飾にずいぶん優しい意匠《いしょう》が使われている。

女官長は一室の前で足を止めた。

「こちらでございます」

そこには二人の侍女が控《ひか》えていて、少女のためにわざわざ扉を開けてくれた。

中はいくつかの部屋に分かれていた。

広い居間と小さな部屋、それから寝室である。

居間の床は寄せ木細工で、色鮮やかな絨毯《じゅうたん》が敷かれ、壁紙は小花模様、赤と金の絹地を張った肘掛《ひじか》け椅子、優美な曲線を描く飾り棚や螺鈿《らでん》の机などが置かれている。

小さい部屋は明かり取りの窓が大きく取ってあり、立派なつやつやした書き物机と書物を置く読書台があった。

最後の寝室を覗《のぞ》くと、これまた可愛らしい。

青地に金の星を散らした壁紙が使われ、分厚く織られた絨毯の上に置かれた寝台は天蓋《てんがい》付きで、白い薄絹《うすぎぬ》が垂れ下がっている。

ふかふかの寝台を何とも言えない顔で見つめると、少女は深いため息を吐《つ》いた。

「ここで、寝るの？　ぼくが？」

「はい」

「おちつかないよ。──女の子の部屋だよね？」

「当然でございます。姫さまのお住まいですから」

少女は怒るより呆《あき》れるより、困惑を隠せない。

知りあってからほんの十日あまりに過ぎないが、カリンは最初から素性の知れない自分のことを妙に尊重して、敬意を払ってくれていたように思う。

それにしても、早くも『姫さま』と呼んでくる。

これにはさすがに驚いた。意外でもあったので、その困惑と疑問を素直に女官長にぶつけてみた。

「ウォルの言ったこと、本気にしてるの？」

「陛下は冗談でこのようなことを言い出される方ではございません」

少女はものすごく疑わしげな顔になった。

（どこからどう聞いても冗談にしか聞こえない……）

と、その顔は訴えている。

「おまえを俺の養女にする」という男の発言には仰天《ぎょうてん》した。

言った本人はまだ二十四歳の若者で、妻もいないとなれば「ふざけてるのか？」と言われても当然の状況である。

それ以前に、その男が曲がりなりにも『国王』という肩書きを持っていることが大問題だった。

少女は人の社会の理《ことわり》や掟《おきて》にはまったくと言っていいほど無頓着《むとんちゃく》で、規律に縛られる気もなかったが、そんな彼女にも、国王というものは、多少は（あくまで多少ではあるが）特別に扱われて然《しか》るべき存在ではないかという意識くらいはある。

何より、王女というものは（普通は）国王と血のつながった実の娘でなければならないはずだという知識もある。

嘆かわしげに金の頭を振りつつ、寝室から居間に戻ったが、室内に腰を下ろそうとはせずに言った。

「そんなに簡単に認めていいことじゃないと思うよ。ぼくはこの国の人たちから見れば、どこの馬の骨ともわからない、単なるよそ者なんじゃないの？」

冷静に指摘する少女に、女官長は笑みを浮かべた。

この異国の少女は国王の提案を、単純に「困ったことになった」としか認識していない。

そのことに、あらためて感心させられたのだ。

少女は知らない。

普通なら――少なくともこの世界の普通の娘が、こんな提案をされたとしたら、反応は二つしかない。

降って湧いた幸運に狂喜乱舞するか、予想を超えた事態に恐れをなして震えあがるか、そのどちらかしかないのだ。

貴族階級の娘なら前者、庶民《しょみん》階級の娘なら後者が多いだろうと女官長は思っている。

ところが、この少女はどちらにも該当しない。

ただひたすら面倒なことになったと、そんな厄介《やっかい》ごとは避《さ》けたいと苦々しく思っている。

もう一人、似たような状況に置かれながら、まったく同じ反応を示した人を女官長は知っていた。

懐《なつ》かしささえ覚えながら、微笑して言った。

「二年前の陛下もそのように言われておりました」

田舎《いなか》貴族の小せがれに王冠を与えるなどとんでもないと、もっての外《ほか》だと、この城の者はほとんどがあの男の即位に反対したのだ。

当の本人も、王冠など欲しくないという態度を隠そうともしなかった。

少女はその当時の男の様子は知らないが、容易に想像できて、微笑を浮かべかけた。

それを引っこめて言う。

「ウォルの場合は前の王さまの落《お》とし胤《だね》っていう申し分ない理由があるじゃないか。だったら、田舎育ちだったとしても、王冠を受け取っても、ちっともおかしくないよ」

「それなら、あなたは、その陛下が見込んだ方です。少しもおかしくはございません」

きっぱりと言い返されて、少女は絶望的な表情で華麗な天井を仰《あお》ぎ、首を戻して女官長を見た。

幼くして命を奪われた我が息子と、国王の生母の仇《かたき》を取るため、この人は二人の死にまつわる謎を、二十年以上もの間、己の胸一つに納めて誰にも洩《も》らさなかった。

その上で王宮の人々の言動を——本当に信用できる人間は誰か、疑わしい者は誰なのか、じっくりと冷静に観察して、識別していた人だ。

見た目は小柄《こがら》でふくよかな中年の婦人であっても、その肝《きも》の据わり具合は並大抵のものではない。

なまじの男を遥《はる》かに凌駕《りょうが》している。

そんな人が率先して男の提案を認め、素性の知れない娘を自国の王女として受け入れると言うのだ。

「女官長は、ぼくが王女さまなんかになっても……ほんとにそれでいいの？」

困惑の表情で尋ねる少女に、女官長は微笑した。

「善し悪しを問うても始まりますまい。それが陛下のご意思なのですから」

「そこだよ。王さまがこんな無茶を言い出したら、普通は女官長が真っ先に反対して、やめさせなきゃいけないんじゃないの？　ウォルのお母さん代わりなんでしょ」

少女の口調には男を心配する響きまであったので、コーラル城の女傑《じょけつ》は困ったような笑みを浮かべた。

「確かに……国王が養子を取るなど、前例がございません。率直に申しあげるなら、お止めしたい気持ちがまったくないわけではございません。あなたは陛下と親子になっても、陛下をお名前で呼ぶことをやめないでしょうから」

「よくわかってるじゃない。フェルナン伯爵が言ってたよ。陛下を呼び捨てにしてはならんって」

その人の名前を聞いた女官長は急に真剣な表情で身を乗り出し、恐ろしいような口調で尋ねた。

「あなたは、伯爵さまのその諫言《かんげん》を受けて、なんとお答えになりましたか?」

「あいにく、ぼくは友達は名前で呼ぶ主義なんだって言ったよ。だいぶ文句を言われたけど。伯爵は、最後には納得してくれてたと思いたいな」

「もちろん、納得してくださいましたとも」

力強く頷《うなず》いて、女官長は何とも言えない表情を浮かべて、国王軍の勝利の女神となった少女を見た。

「ドラ将軍さまから伺《うかが》いました。あなたの計らいで、陛下は最後にフェルナン伯爵さまにお会いすることができたと」

少女も宝石のような緑の瞳《ひとみ》で、黙って女官長を見返した。

この人は伯爵の死を自分のせいだと思っている。

息子の仇を討ちたい一心で自分が口をつぐんでいたせいで、フェルナン伯爵は投獄され、あんな無残な死を迎えることになってしまったと、今も自責の念に囚《とら》われている。

「その一事だけをとっても、あなたにはどれだけ感謝しても足らないくらいです。それに……」

女官長は声を低めて、そっと言った。

「――陛下はフェルナン伯爵さまのことを恐ろしく頑固《がんこ》な方だと、しきりと嘆いていらっしゃいましたが、わたしから言わせていただければ、あのお二人はそっくりです。陛下はご承知のように、屈託《くったく》のない快活な方でいらっしゃいますが、こうと決めたことに関してはたいへんに頑固なところがおありです。一度言い出されたことを翻意《ほんい》される方ではございません」

再び天を仰いだ少女だった。

「つまり……反対するだけ無駄？」

女官長は真顔で頷いた。

「さようでございます」

「ぼくが言いたいのは、本当にそれでいいのかってことなんだけど……」

「ですから、それは申しあげても無駄です。何より――」

さらりと流して、女官長は言葉を続けた。

「あなたはいずれ、この国を去る方だとお聞きしました」

「そうだよ」

この時の少女は、まさかこの先何年もこの世界で暮らすことになるとは夢にも思っていなかった。

今日までの日々でさえ、長いと思っていたくらいなのだ。

もし、あの男の王座奪還を果たさせるために――何らかの意思によって自分が（何の因果か、こんな姿に変えられて）この世界に送り込まれたとしたら、あの男はその目的を見事に果たしたのである。

ならば、自分はもうお役御免《やくごめん》のはずだ。今日明日にでも迎えがきてもおかしくないと思っていた。

「うまく説明できないけど、迎えがきたら、ぼくはこの世界からいなくなる。それは間違いない」

「でしたら、ものは考えようです。陛下がおっしゃるように、お迎えがくるまで、この城で王女として過ごしてもよいのではありませんか？　あくまで一《いっ》時《とき》のことなのですから」

またしても、ため息を吐いた少女だった。

国王が国王なら臣下も臣下だ。真面目な顔をして、すごいことを言う。どうしてこんなに熱心なのかと訝《いぶか》しんでいると、カリンは以前にも増して切実な口調で言ってきた。

「なにとぞ、今しばらく、この城に留《とど》まってもらえませんでしょうか。それと言いますのも……」

急に態度の変わった女官長に少女は瞬《まばた》きして首を傾《かし》げたが、ふと窓の外に眼をやった。

「外で話さない？　いい天気だよ」

大きな窓はあっても、この続き部屋には、直接、庭に出られる扉はない。

二人はいったん、大理石の廊下に出ると、廊下の突き当たりの扉から、花盛りの美しい庭に出た。

低い花壇《かだん》と中腰程度の垣根の中を縫うように散歩道がつくられていて、辺りがすっかり見渡せる。

ここは奥棟専用の庭で、城の表部分からは入れないようになっているらしい。

足を止めた少女は女官長を振り返って言った。

「続きを聞くよ。ここなら誰も聞いてないから」

女官長はちょっと驚いて問い返した。

「先程は、誰かが聞いておりましたか？」

「うん。扉の陰に、二人かな？　張り付いてた。ぼくたちが部屋を出ようとしたもんだから、慌《あわ》てて逃げてったよ」

嘆息《たんそく》した女官長である。

「申し訳ない。わたしの部下に盗み聞きなどをする者がいるとは、嘆かわしい限りです。——教育をし直さなくては」

「女官長がぼくに何を話すか、どんな態度を取っているのか、気になって仕方がないんじゃない？」

少女は気分を害した様子もない。

明るい顔で笑っている。

その様子を見て、女官長はあらためて言ったのだ。

「では、後程、あらためて皆の前であなたを姫さまと呼び、膝《ひざ》を折ることに致しましょう」

宝石のような緑の眼が訝しげに女官長を見た。

「……なんでそこまでするわけ？」

女官長は間髪を入れずに問い返した。

「養女のお話は、おいやですか？」

「うーん……。いやっていうか、いやなのは確かにそうなんだけど……」

言葉を探して、少女は少し考えた。

「不愉快《ふゆかい》とか許せないとかいう意味の『いや』じゃないよ。違うか、一種の不快感には違いないかな？

なんて言うか、困ってるって言うのが一番近い」

「なぜ、お困りに？」

「第一に、ぼくにはちゃんと父親がいる。もう亡くなったけど。第二に、ウォルはこの国の王さまでしょ？　その娘なら王女さまだ。どう考えても、ぼくはそんな柄じゃないよ」

真面目くさって言い、十三歳の少女は逆に尋ねた。

「女官長は、ぼくに養女の話を受けて欲しいの？」

「賛成は致しかねますが、そうです」

「――大賛成しているようにしか見えないんだけど、そこはひとまず置くとして……どうして？」

独《ひと》り言《ごと》のような前半の言葉は無視して、女官長ははっきりと答えた。

「それが陛下のお望みだからです」

対して、少女は悪戯《いたずら》っぽく笑っている。

「そんなに簡単に納得しちゃって、本当にいいのかなあ。名前だけ親子になったって、ぼくはウォルの言うことを素直に聞いたりしないのに？」

「わかっております」

充分、予想しているという表情で女官長は頷いた。

「あなたが陛下の意のままになる相手でしたら、陛下は一言、この城に留まるようにとご命令すればよいだけです。ですが、それではあなたは決して従ってくれない。そのことを陛下はよくご存じなのでしょう」

「…………」

「わたしからもお願い致します。陛下のためにも、どうかこのお申し出を受けてはいただけませんか」

「なぜ？」

本当に不思議そうに、端的に訊《き》いてくる。

こういうところはごく当たり前の十三歳の少女のようだ。

「ペールゼンは倒した。ウォルはまた王さまになった。万事めでたしめでたしじゃないか。ぼくはもう必要ないよ」

ゆっくりと首を振った女官長だった。

「わたしには、陛下がなぜあなたを養女にと言い出されたか、わかる気がするのです」

少女がくるりと緑の瞳を動かした。

その視線だけで、再び「なぜ?」と尋ねている。

女官長は——臣下として、滅多なことは言えない立場だが、声を低めて、思い切って言い出した。

「陛下は……お友達が欲しいのでしょう」

「それなら今はイヴンがいる。団長だってナシアスだってウォルが信頼しているたいせつな友達だよ」

「はい。わかっております。ただ、ラモナ騎士団長さまにもサヴォア公爵さまにも、陛下の幼なじみである親衛隊長さまでさえ、どうしても……わかちあえないものがあるのです」

少女はまた無言で女官長を見た。

それは何? と問いかける顔だった。

女官長は適切な言葉を探して、おもむろに言ったのだ。

「ある日、突然、たった一人で、今までとはまったく異なる環境に置かれることになった衝撃《しょうげき》、否《いや》が応《おう》でもそこで生きていかなければならない孤独……とでも申せばよいのでしょうか」

今度は少女が真顔になって女官長を見つめた。

確かにそれは、他の誰にもわからないことだった。

女官長は小さな頷きを返して、真摯《しんし》に続けたのだ。

「陛下はお強い方です。わたしも及ばずながら、お力になる所存でおります。ですが、陛下のお気持ちに寄り添うことはわたしにはできません。他の誰にも、フェルナン伯爵さまが亡くなられた今となっては誰にも、あの方の置かれた立場や、真のお心持《こころもち》を理解することはできないでしょう」

「…………」

「あなたにならそれがわかるのではないかと。陛下の孤独を癒《い》やすことができるのではないかと思うのです」

「名前を呼び捨てにしたり、頭をはたいたりすることで?」

さすがに言葉に詰まった女官長だった。

女官長の立場では、そんな行動を容認することはできないのだ。

だが、当の国王はそうした『無礼な』振る舞いをも含めて、この少女を望んでいる。

恐ろしく複雑な顔になり、決まり悪そうにそわそわしながらも、コーラル城の女将《おかみ》さんはたくましい人だった。

思い切ったように身を乗り出して、ぎりぎりまで声を低めて、そっと囁《ささや》いた。

「あまり、強くはたかれるのは困ります……」

「大丈夫だよ。あいつ、頑丈だから」

ますます妙な顔になった女官長だが、臣下として言うべきことは言わねばならなかった。

「承知しております。ただ、体面というものもありますので――人前では、なるべく……」

「わかった」


今回の王座奪回劇の戦闘における功労者が異国の少女なら、政治における最大の功労者は間違いなく女官長である。

改革派の首魁《しゅかい》であったペールゼン侯爵を追い落とすことができたのは、ひとえに女官長一人の功績と言っても過言ではない。

もともと奥を仕切る女官たちの頂点に立っていた人だが、ここへきて女官長の発言権は急速に増している。

今では表部分で政務に当たる官僚たちも、女官長の意向を無視できない状況になっていると言ってもいいくらいだ。

そんな人が早々に国王の爆弾発言を容認し、異国の少女を自国の王女として迎えるべく、部屋の準備を始めたのだから、官僚たちが激しく動揺したのは言うまでもない。

国王がその娘に恩義を感じているのは理解できる。

娘の働きを讃《たた》えて、褒美《ほうび》を与えようというのもわかる。だからといって、何も養女にすることはない。

相手は若い娘だ。そんな面倒なことをしなくても、もっと簡単に娘の働きに報《むく》いる方法がある。

「陛下がそれほどその娘を傍《そば》に置いておきたいのであれば、一、二年、奥棟で飼った後で、行儀《ぎょうぎ》作法をしつけて寵姫《ちょうき》に直せばよい。娘もきっとそれを喜ぶに違いない」

というのである。

それこそが若く美しい娘の唯一の使い道であり、他ならぬ娘自身もそうした扱いを望んでいるに違いないと固く信じる人々は、果敢《かかん》にも自分たちのその意見を国王に直訴した。

ただし、最大級に丁寧な言い回しに変更して告げる配慮《はいりょ》は忘れなかった。

「何分まだ幼い方ですので、急がれることもありますまい。今しばらくご成長されるのを待ってから、ご寵愛されるのがよろしかろうと存じます。将来の寵姫にする予定の娘として、奥に住居を用意されればよいのではないでしょうか」

提案した人々は、これぞ名案と思い込んでいたようだが、聞かされた国王は呆れ返った。

「諸君らに忠告しておくが、あの娘の前では決してそれは言ってはならんぞ。身の安全は保証しかねるからな」

「……何と仰《おお》せられます？」

「あれは優しいからな、諸君らの命までは取らないと思うが、半殺しにされるくらいは覚悟したほうがいい」

国王はあくまで真顔で、懇々《こんこん》と、とんでもない思い違いをしている人々に言《い》い諭《さと》した。

「第一、寵姫候補などという暴言を浴びせて、あの娘の機嫌を損ねてみろ。あの娘のことだ。それこそこの城を飛び出して、二度と戻ってこないこともありうる。そんなことになったら、取り返しがつかん。俺は俺の恩人を国外に追い払った責任と罪を諸君らに問《と》い質《ただ》した上、罰を与えなければならなくなる。

――だから、いいな？　断じて言うなよ」

官僚たちには国王の言葉の半分も意味が理解できなかった。

デルフィニア国王の寵姫という、女なら誰でもありがたがり、望むに違いない最高の栄誉と身分を、あの娘は拒否する――と国王は言うのである。

彼らの信ずる世界の常識ではあり得ないことだ。

どこの馬の骨ともわからない娘を自国の王女に据えるなどとんでもない、そんな暴挙は万物の神もお許しにならないと考える至極《しごく》もっともな常識を持つ人々は、こぞって国王の従弟《いとこ》の下に押しかけた。

サヴォア公爵であるバルロが率先して反対してくれれば、国王も思いとどまってくれるはずである、何としても陛下を説得していただきたいと、声を大にして訴えた。

ところが、ノラ・バルロは女官長と同じく、賛成と明言はしないまでも、反対もしないという態度を取ったのである。

「我が国の国王は型破りな方だ。また一つ従兄上《あにうえ》の武勇伝が加わるだけと思えば、そう驚くことでもあるまい」

官僚たちが絶望的な表情になったのは言うまでもない。

「滅相もないことでございます！　一度王女に据えてしまったら、そう簡単に廃除《はいじょ》はできません！」

「お願い致します！　何とぞ、陛下にご諫言を！」

取り乱す官僚たちに、バルロは笑って言った。

「人に仕事を押しつけるのは感心せんな。それは貴殿たちの役目のはずだぞ。国王が養女を迎えるなどあり得ない、血のつながらない娘を王女に据えるなど前代未聞でございますと、従兄上《あにうえ》に面と向かって諫言すればいいだろうが」

官僚たちは真っ赤になって猛然《もうぜん》と反発した。

「恐れながら、サヴォア公！」

「我々は口を酸《す》っぱくして申しあげました！　それればかりはおやめくださいと！　前例がございません

と！」

　バルロは笑いを嚙《か》み殺《ころ》しながら、わざと尋ねた。

「それで？　従兄上《あにうえ》は何と言われた？」

　官僚たちの表情が見事に苦渋に引きつった。

　二十四歳の国王は彼らの諫言をものともしなかったのだ。

　馬耳東風と聞き流し、堂々と言い放った。

「前例がないなら、つくればよいではないか」

　それを聞いて、バルロは高らかに笑ったのである。

「剛毅《ごうき》なことだ。いかにも従兄上《あにうえ》らしいな」

「サヴォア公！　どうか真剣にお考えください！」

「余《よ》のことではございません！　我が国の王位継承権にも関わる問題なのですぞ！」

　必死の嘆願に、若い公爵は皮肉な笑みを浮かべた。

「言う相手が違うぞ。俺ではなく、まずは従兄上《あにうえ》を説き伏せるべきだろう。その上で口添えをと言うなら俺としても考えないでもないが、従兄上《あにうえ》のご意思は固い。そこまで言われる以上、俺ごときの言葉で翻意されるはずもない」

　その国王によく似た、しかし遥かに猛々《たけだけ》しい黒い眼差しで、バルロは周章狼狽《しゅうしょうろうばい》する一同を鋭く睨《ね》め回《まわ》したのである。

「忘れるなよ。従兄上《あにうえ》は我が国の王だ。侵されざる君主だぞ。諸君らはその王に再び反旗を翻《ひるがえ》す気か？」

　これには一同、飛び上がった。

　何しろ、我が物顔で王宮を支配していた改革派が一掃され、コーラル市民は真の国王を歓喜とともに迎え入れ、長い間の混乱がやっと収束したばかりという状況である。

　醜《みにく》い陰謀《いんぼう》をもって国王を陥れた改革派の残党と思われては一大事と焦《あせ》ったのだろう。必死になって弁明したものだ。

「と、と、とんでもない！」

「決してそのようなことは！　誤解でございます！」

「我々は陛下を真の国王と崇《あが》めればこそ、国王にふさわしいお振る舞いをしていただきたいと望んでいるのです！」

「それが僭越《せんえつ》だというのだ。真の忠誠を誓《ちか》った者なら、王の判断に異議を唱える必要もないはずだぞ」

完全に口をふさがれた官僚たちが、がっくり肩を落として、すごすごと帰って行く。

ナシアスは少し離れたところで、この一部始終を見届けていた。官僚たちがいなくなった後で初めてバルロに近寄り、ちょっぴり揶揄《やゆ》する口調で言った。

「意外だな。おまえは反対するかと思ったのに」

「もちろん反対だとも。反対に決まっているだろう。国王が養女を取るなど、とんでもない話だ」

そんなことを平然と言ってきたので、ナシアスは軽く水色の眼を見張った。

疑わしげに問いかけた。

「妙だな。ティレドン騎士団長はたった今、自分の口が何をしゃべったか忘れてしまったのか？」

「ふん。俺は二十二だぞ。この若さで耄碌《もうろく》してたまるか」

バルロは鼻で笑って、胸を張ったのである。

「あの娘が地位をねだって従兄上《あにうえ》に媚《こ》びる眼差しを向けたり、養女の話にちらっとでも喜ぶ気配を見せていたら、従兄上《あにうえ》がなんと言おうと、率先して城から叩き出してやるところだが、信じられないことに、あの娘はどうやら本気でこの話を——我が国の王女になるというこの上ない栄誉《えいよ》をいやがっているようだからな。罰当たりにも程があるが、そういうことなら話は別だ」

ナシアスは再度、眼を丸くして、呆れたように苦笑した。

おもしろくはないが、相手がいやがるとわかっているから意図的に賛成する。

ずいぶんと子どもじみた嫌がらせである。

哀れむような視線が気まずかったのか、バルロはことさら胸を張って、彼独自の理論を持ち出した。

「さすがに、これが男で王子にするというなら話は別だ。いくら何でも容認しかねる大問題だが、娘ではな。それほど目くじらを立てることもない。城に住まわせる口実としては上出来の部類だろう。まあ、いかにも従兄上《あにうえ》らしい離《はな》れ業《わざ》、もとい非常識、いや言語道断の定石破り——違うな。神をも恐れぬ大犯罪と言って差し支えないが……」

訂正が訂正になっていない。

「他ならぬ従兄上《あにうえ》の判断には違いない。となれば、それこそ自分の言葉には責任を持たなくてはならん。デルフィニアの臣下である以上、国王の判断に異を唱えることはできん。そんなことをして逆賊扱いされるのはまっぴらだからな」

冗談めかして語ってはいるが、それがこの男の真意であるはずがない。

たとえ国王の決定であっても『それはならぬ』と感じたら、敢然と抗議するのは間違いない男だ。

また、それができるのが大貴族のサヴォア公爵の特権ともいえるが、この男がこういう態度を取った時は、真意を聞き出そうとしてもまず無駄だ。

長いつきあいである。その辺のことは重々わかっていたので、ナシアスは優しく微笑《ほほえ》みながら、若い友人を追求した。

「相変わらずひねくれているが、では、おまえは、あの少女が国王の娘となってこの城に留まることに賛成していると思っていいのかな？」

バルロはすかさず言い返した。

「ナシアス。その呼び方は感心せんな。従兄上《あにうえ》の娘ともなれば、たとえ名ばかりでも我が国の王女だぞ。姫さまと呼べ」

意外な忠告に、ナシアスは三度《みたび》、眼を見張った。

しかし、バルロの言うことはもっともだ。真顔で頷いた。

「——そのとおりだな。そう努めよう」

同時に、こんなことを言い出した真意を確認する。

「人に言うからには、おまえもあらためるのだろうな？」

「もちろんだ。俺が王女と呼んでやったら、さぞかしいやな顔をするだろうと思うと、今から楽しみで待ちきれんぞ」

ナシアスは今度こそ呆れて嘆息した。

人に頭を下げることを何より嫌う男が、嫌がらせのために、あの少女を形ばかりでも敬おうと言う。

「子どもか、おまえは……」

「ふふん」

バルロはまた鼻で笑って、ふんぞり返っている。

しかし、彼の内心は見た目ほど豪快ではなかった。

本心はナシアスにも隠して見せず、断じて認めたくなかったが、バルロはあの少女に借りがある——と自分で思っている。

国王軍が一の郭の攻略手段を練っている時だ。

歌うように、からかうように少女が言った、あの言葉。

「バルロちゃんはいったい誰のおかげで、友達殺しにも従兄《いとこ》殺しにもならずにすんだのかな？」

思い返すだに忌々《いまいま》しいが、あの言葉は正しかった。

もし、あの時、あの少女が止めてくれなかったら、国賊の不名誉など着せられないという『友情』に基づいて自分はナシアスにとどめを刺していただろう。

国王の一件もそうだ。あくまで『従兄上《あにうえ》のため』と信じて、退位して国外へ脱出するようにと熱心に勧《すす》めただろう。

もし本当にそんなことになっていたら。

ナシアスを討ち、一度は従兄《あに》と慕った人を国外に追放した後で、真実がわかったとしたら——。

バルロは考える。

果たして自分は生きていられただろうか、と。

唯一の主君と認めた従兄《あに》だ。決して失いたくない、たいせつな友人だ。

よりにもよってその二人を、他でもない己の手で、二度と取り返しのつかない事態にするところだった。

どれだけ悔《く》やんでも嘆いても追いつきはしない。

バルロには先代国王の甥《おい》として、大貴族サヴォア公爵家の総領としての務めがある。

跡継ぎがまだないこの状況では自決はできない。

だから、身体は生きているしかなかっただろう。

だが、心は死ぬ。

恐らく生涯、死んだままで終わっただろう。

その悲劇を防げたのは、一にも二にもあの少女のおかげと言っていい。

どれだけ感謝しても足らないところではあるが、バルロの性格では、ましてや相手があの少女では、素直に礼など言えはしないのだ。

結果として、ことさら憎まれ口を叩いている。

「この城にも久しぶりに王女が誕生するかと思うと嬉《うれ》しいぞ。もっとも、あんな王女ではな、間違っても騎士たちの憧《あこが》れの対象にはならんだろうが」

ナシアスが混ぜっ返した。

「いいや、憧憬《しょうけい》の的にはなると思う。それとも畏《い》敬《けい》の念を抱く者のほうが多いかもしれないな。何といっても我が国の勝利の女神、正真正銘のバルドウの娘だ」

舌打《したう》ちしたバルロだった。

「バルドウの娘は眉唾《まゆつば》としても……ただの娘でないことだけは疑う余地はないだろうな」

バルロは並外れて立派な体格の持ち主である。

あの少女はそのバルロに当て身を入れて気絶させ、麻袋に放り込み、あろうことか肩に担いで運んだというのだ。

見た目は至って華奢《きゃしゃ》な十三歳の少女である。あの細身では野良犬一匹でも担ぎ上げられるかどうかと危ぶまれるほどなのにだ。

一万歩くらいを譲って、単に気絶させるだけなら、できるかもしれない。どんな騎士でも油断することがまったくないとは言えないし、酒の席で、かなり酔っているところを、後ろから鍋《なべ》やまな板で一撃されたら（バルロの発想では女が振り回す武器というと、そのくらいしか思いつかない。包丁《ほうちょう》は本当に殺すことになってしまうから除外してある）どんなに頑丈な男でも昏倒《こんとう》させるだけなら可能だろう。

しかし、女の細腕で気絶した大の男の身体を担ぎ上げたり、馬の背に載せたりすることはできない。

絶対に無理だ。

あの少女はそれを難なくやってのけた。

バルロは今まで女性に対しては常に親切に接してきた。

女性は体力的に男より遥かに弱く、守るべき存在と思っているからだが、あの少女はバルロにとって既《すで》に女性とは言えず、一種の宿敵とも言える存在になっていたのである。

「王女相手に剣の試合を挑《いど》むなど、国王の養女以上にとんでもない話だが、あの王女なら遠慮は無用。全力で戦えるわ」

バルロも腕に覚えがあるだけに、子どものような少女に不覚を取ったのがよほど悔しいらしい。

次は尋常《じんじょう》な剣の勝負をする、それなら勝てると思っているようだが、ナシアスは懐疑的《かいぎてき》だった。

あの少女は力で巨漢のガレンスを上回り、技《わざ》でこの自分に勝利したのである。

今のナシアスとバルロが剣を交えたら、勝敗は五分五分と言ったところだ。

つまり、バルロがあの少女に確実に勝てる保証はどこにもない。

雪辱《せつじょく》戦の意欲を見せる友人に、ナシアスはそっと呟《つぶや》いた。

「返り討ちに遭《あ》うだけのような気もするが……」

途端、血相を変えて盛大に毒舌を吐《は》き散《ち》らそうとしたバルロから、ナシアスは急いで逃げ出した。

本宮を出ようとしたナシアスを見つけて、入り口脇の詰め所で立ち話をしていたガレンスと、ティレドン副騎士団長のアスティンが急いで近寄ってきた。

ガレンスが慌ただしく問いかけてくる。

「ナシアスさま。陛下がバルドウの娘をご自分の養女にすると言われたそうですが、本当ですか？」

「ああ、今もそのことでバルロと話していたところだ」

二人の副騎士団長は顔を見合わせた。

ガレンスが慎重《しんちょう》に指揮官に尋ねる。

「バルロさまは……何と？」

「ここは忙《せわ》しい。——向こうで話そう」

正面玄関の近くは人の出入りも多い。この三人が一緒にいると、どうしても人目を集めてしまうので、ナシアスは二人の副騎士団長を誘って外へ出た。

広大なコーラル城には一の郭だけでも様々な庭があるが、今は改革派を倒し、国王の復権がかなったばかりだから、誰もが慌ただしく働き、それぞれの仕事に追われている。

散策を楽しもうという人はほとんどいない。

建物から少し離れた生け垣の傍でナシアスは足を止め、先程のバルロとの会話をかいつまんで話した。

「陛下の言われたことだから、容認せざるを得ないそうだ。いかにもバルロらしいひねくれ具合ではあるが、少なくとも反対ではなさそうだぞ」

ガレンスもアスティンも笑顔になった。

「バルロさまが賛成してくれるなら心強いですな」

「ああ、一安心だ。うちの大将はへそを曲げると、少々厄介だからな」

そんな言葉を交わす二人を微笑ましげに見つめて、ナシアスは答えのわかっている質問をしてみた。

「二人とも賛成してくれるのか？」

アスティンが困ったような微笑を浮かべて頷いた。

「大きな声では言えませんが、よいことだと思っています」

ガレンスも厳《いか》つい顔で笑っている。

「確かに型破りですが、俺はバルドウの娘に行って欲しくないんですよ。あれは陛下の……いえ、我が国の勝利の女神です。戦《いくさ》に勝ったからって、『はい、さようなら』って終わりにしちまうのは、あんまり情《じょう》がない気がします」

「わたしもそう思う」

ナシアスは慎重に頷いて、微笑した。

「バルロが言っていたが、陛下の養女となったら、彼女は我が国の王女殿下ということになる。今後は姫さまと呼ばなくてはな」

ガレンスとアスティンは眼を見張ったが、笑みをこぼしながら再度頷いた。

「わかりました。姫さまですな」

「姫さま。——ご本人はいやがるかもしれませんな」

二人とも何度か口に出して、その呼び方を自分に言い聞かせているようだった。

しかし、比較的すぐに慣れるだろう。

なぜなら、女の身分は男次第で決まる。

極端な話、昨日まで台所の隅で真っ黒になって働いていた、「おい、早く酒を持ってこい」と横柄《おうへい》に言いつけていた娘が、身分の高い男に見初められて妻になった——あるいは妾《めかけ》に迎えられたとなれば、二度とぞんざいな口など利けない。

奥方さま、もしくは御部屋《おへや》さまと呼び、恭《うやうや》しく接して頭を下げなくてはならないのだ。

それが封建社会の決まりである。

あの少女は国王の思い者ではなく、養女になったところが変わっているが、一足飛びに高貴な身分に変じたところは同じだ。

ナシアスもガレンスもアスティンも、その変化を喜ばしいと感じている。

あの少女にふさわしい地位かどうかはわからない。

しかし、あの少女の値打ちを何も知らない人々にあの少女が侮《あなど》られるのは、彼らとしてはおもしろくないのである。

ナシアスが言った。

「折り入って頼みがある。二人とも、あの少女——ではない、姫さまの武勇伝をなるべく大勢に話してくれないだろうか」

「そういうことなら任せてください」

ガレンスが分厚い胸を叩いて請け合った。

国王軍の奇跡的な勝利はひとえにあの少女が呼び込んだと言っても過言ではないのだ。三の郭の官舎に戻ってから城兵相手にさんざん吹聴《ふいちょう》していたが、今後はいっそう熱心に触れ回りますと、ラモナ副騎士団長は俄然《がぜん》張り切った。

「何しろ嘘《うそ》や誇張は一つも言う必要がないんです。バルドウの——じゃなくて、姫さまの活躍でしたら、いくらでも言えますからな。俺やナシアスさまの負け試合だけはちょっと……言いにくいんで積極的に語ってはいませんが」

「いや、それでいい」

ナシアスは笑顔で頷くと、少し声を低めた。

「もう一つ、バルロの件も伏せてやってくれ」

「わかってます」

それが騎士の情けというものだ。

ガレンスは複雑な顔で、笑いを噛み殺している。

「……いやもう、あの麻袋を覗き込んだ時はたまげました。ものすごく恨《うら》めしそうな顔のバルロさまが、じっとりとこっちを睨《にら》みあげてきたんですから……」

アスティンも苦笑しながら同意した。

「うちの大将のことを言うならヘンドリック伯爵の件にも言及しなければなりません。さすがにそれは憚られます」

「いや。あの娘が……」

つい口にして、ナシアスは苦笑を浮かべて言い直した。

「姫さまが騎馬の勝負でヘンドリック伯爵に勝ったことまでは話しても大丈夫だろう。事実だからな。伯爵は負けは負けと潔《いさぎよ》く認めてくれる人だ」

アスティンがすかさず茶化してくる。

「うちの大将は潔くありませんか？」

「まさか。潔くなければ、血のつながらない王女の誕生など容認するはずがない。我が友バルロは素直でないことだけが唯一の欠点だが……」

それもまた可愛らしい――とは、ナシアスは口にしなかった。

そしてバルロの副官はそんなナシアスの気遣《きづか》いを容赦《ようしゃ》なく踏みにじったのである。

「ナシアスさまのお言葉ではありますが、唯一の欠点というのはどうかと思います。うちの大将の欠点ならばいくらでも言えますよ。口が奢《おご》っているので食べ物にうるさいですし、ちょっと思慮が足りませんし、一番困るのは平気な顔でとんでもない無茶を言うことでしょうか。まったく、人使いが荒くて……」

人通りのある玄関から離れた場所でよかったと、ナシアスは心から思った。

一方、是《ぜ》が非《ひ》でも国王に思いとどまってもらわなくてはと危機感と忠義心にかられた人々は、今度はそのヘンドリック伯爵に泣きついた。

なんと言っても国内外に知られた英雄であり、硬骨の武人として知られた人であり、曲がったことが大嫌いな人でもある。

こんな『不正義』を許すはずがないと思ったのだ。

しかしながら、ここでも人々の期待は外れた。

「いやいや、ご一同。あの娘こそは我が国に降臨した勝利の女神の化身に相違ござらん。こうして陛下の王座奪還がなったのも――自らを卑下《ひげ》するつもりは毛頭ないが、すべてはあの娘の存在あってこそでござる」

胸を張って言われてしまい、慌てて食い下がった。

「それは無論わかっております。ですが……！」

「何も王女に据える必要はありますまい！」

必死に訴えた。

この場合、明らかに、反対する人々のほうに理《り》があった。

国王の決断が常軌を逸《いっ》しているのは重々承知のはずなのに、ヘンドリック伯爵は揺るがなかった。

「家臣の働きにどんな恩賞を与えるかは、主君がお決めになることだ。ご一同は陛下の裁定に異議を唱えるのか？」

「……滅相《めっそう》もないことでございます。しかし！」

「しかしも案山子《かかし》もあるまい。それほど反対ならば、陛下に面と向かって抗議されればよかろう」

それができれば苦労はない。

人々はかなり気勢をそがれていたが、そこにもう一人、髭《ひげ》の将軍まで笑顔で話に加わってきた。

「お言葉だが、ヘンドリックどの。主君と臣下の関係ならば、手柄を立てた臣下に主君が褒美を与えるのは自明の理だが、あの娘は最初から、自分は陛下の家来などではなく、家来になったつもりもないと豪語していたぞ」

「ほほう？　ドラどのはそれを黙って見ていたのか？」

「とんでもない。陛下に対してそのような態度はならんと、不遜《ふそん》に過ぎるとさんざん叱《しか》ったつもりだが、今にして思えば、礼を欠いていたのはわしのほうかもしれん」

そんなことを、からからと笑いながら言うので、良識ある人々は絶望的な表情で訴えた。

「ドラ将軍！　お戯《たわむ》れは困ります！」

「笑い事ではありませぬ！」

「それではあの娘は臣下でありながら陛下に忠誠を誓ってはおらぬということですか⁉」

ドラ将軍は平然と言い返した。

「だから、違うと言っておる。あの娘は陛下の臣下ではない。陛下を救うために降臨した勝利の女神だ。いかな陛下であれ、指図《さしず》などできようはずもない。養女とは思いきったものだが、陛下はそれほどあの少女を重んじておられるのだろう」

ドラ将軍は最初から徹底して国王の味方だった。

娘ともども改革派に軟禁されても意を覆《くつがえ》さず、孤立無援の国王の救援に真っ先に駆けつけた人だ。

さらには先代の国王でさえ、ドラ将軍とは相対《あいたい》の視線で話をしたというくらいの英雄である。

その人の言葉だ。重みが違う。

それでも怯《ひる》まず反論しようとした面々を、今度はヘンドリック伯爵が一睨みで黙らせた。

「あの娘はこのわしを、ただの一撃で馬から叩き落としたのだぞ。ただの娘にそのような真似ができると思うか」

「そ、それは……」

意外なその一騎打ちの結末は、ここにいる人々も知っている。

ですが、伯爵はわざと負けたのではありませんか？　とは、恐ろしくて言えなかった。

国内屈指の豪傑が鋭い眼光でこちらを睨んでいるのだから、ひたすら小さくなるしかない。

「あの娘が陛下の前に現れたことには必ず意味があるはず。ドラどのの言うとおり、手放してしまうのは得策とは言えん。そのために陛下が王女の身分を与えようと言われるのなら、それもよかろうよ」

ドラ将軍も頷いて賛成の意を示し、奇《く》しくもバルロと同じことを言った。

「もし、あの娘が、降って湧いた王女という地位に眼が眩《くら》み、思いあがるような性分なら反対もするが、本人は恐らく——このデルフィニアの王女という身分に何の値打ちも認めてはおらぬだろうからな」

これには反対派の人々も黙ってはいられなかった。

憤然《ふんぜん》と言い返した。

「いかなドラ将軍のお言葉とはいえ、それは頷けませぬぞ！」

「いかさま。大華三国《たいがさんごく》の王女にしてやると言われて、喜ばぬ娘がいるとでもお思いですか⁉」

「現に今、この城に一人おる」

すまして答えた将軍だった。

「それもこれもあの娘が……、いや、こんなふうに呼ぶのはもういかんな。姫さまとお呼びしなくては」

「ドラ将軍！　おやめください！」

「お戯れにも限度というものがありましょう！」

残念ながら、あの少女の値打ちを知らない人々がどんなに嘆こうと、将軍の耳には届かない。

「方々の懸念《けねん》も不安もわからぬではないが、あれは――いや、姫さまは世間一般の常識では推し量れぬ方だ。それはわし自身が充分に思い知らされておる。何代にも亘って決して人には懐かず、誰にも馴らすことのできなかったロアの黒主でさえ、姫さまには心を許しておるのだからな」

ヘンドリック伯爵が眼を輝かせて言う。

「おお。わしも驚いたぞ。ロアの黒主の噂《うわさ》は耳にしていたが、あれほどの名馬はついぞ見たことがない。ドラどのが、あの馬だけはどうしても馴らすことができぬと、かねてから嘆いておるのを知っていたから、なおさらだ」

「まったく、ロアの領主として情けない限りだが、姫さまはたった一日で黒主を手懐け、馴らしておしまいになった。もっとも、本人は馴らしたつもりは毛頭ないようだがな」

「うむ。手綱を掛けずに馬を自在に操るなど、このわしでさえ考えたこともない。わしにできぬのだ。他のどんな騎士にも到底できぬ技だ」

「いや、ヘンドリックどの。そこがもう我らとは決定的に違うのだ。姫さまは馬を操っているわけではなく、馬も従っているわけではない。わしは間近で見ていたから、よくわかるが、ちょうど仲のいい友人同士のような関係だぞ」

「ほほう。あの馬は……姫さまの言うことがわかるのか？」

ヘンドリック伯爵も、早くも呼び方をあらためている。

ドラ将軍は眼で感謝し、おもむろに頷いて言ったものだ。

「うむ。わしらが黒主に惚れ込《ほこ》んだように、黒主も姫さまに惚れ込んだのだろうよ。他の者は未《いま》だに傍には寄せつけないし、名前を呼んでも振り返りもしないが、姫さまの声だけは聞き分けている」

「ほほう。そう聞くと、まるで犬のようだが、しかし、犬が主人に忠義を尽《つ》くすのとはまた違うのだろうな」

「犬と一緒にされては黒主も気を悪くするだろうよ」

「おお、まさに。ペールゼンのもとから逃げた際の、黒主と姫さまのお働きぶりと言ったら」

「命のやりとりをしている最中《さなか》で、よくそんな余裕がおありだった。さすがはヘンドリックどの」

「余裕などあるものか。危うく槍先をあやまりそうになったことが幾度あったか」

二人の英雄は楽しそうに、政府軍との戦の思い出話に花を咲かせ始めた。

こうなると、戦を体験していない者には口を挟めない。

反対派の人々が途方に暮れた様子で去って行くと、ドラ将軍はそっと伯爵に礼を言った。

「――お味方、かたじけない」

「何の。わしは嘘偽りは言っておらぬからな」

道理を問うなら、反対する人々のほうが圧倒的に正しい。伯爵にもそれは充分わかっているが、理屈ではない。

今この時に勝利の女神に出て行かれるのは、よいことではないという気がするのだ。

今の国王には――この国にはまだあの少女が必要なのではないかと感じるのである。

無論、この考えには何の根拠もない。漠然《ばくぜん》とした感覚的なものでしかないが、ヘンドリック伯爵は筋金入りの武人だった。

ここ一番の勝負の時はいつも己の勘働きを信じてきた人だ。

その伯爵の『勘』が訴えている。あの少女を引き留めろと言っている。戦が終わったからといって、袂《たもと》を分かつことには抵抗がある。

何より、国王が率先してそれを希望しているのだ。ならば無理に反対することもあるまいと、自らを納得させている。

伯爵は髭の将軍を見つめて、にやりと笑った。

「恐らく、貴君も同じだろう？」

ドラ将軍は意味深に笑うだけで答えなかった。


本宮の背後には王族専用の厩舎《きゅうしゃ》があり、立派な馬場がつくられている。

コーラル城は山の中に建っているが、平地も多い。巨大な段々畑のような構造になっているからだ。

この馬場も馬屋番たちが馬の調教や運動をさせるためのもので、かなりの広さがある。

馬用の出入り口には柵《さく》が設けられているが、柵のすぐ外はもうパキラ山へと続く森になっている。

ヘンドリック伯爵が賞賛した黒馬は、その馬場を我が物顔で闊歩《かっぽ》していた。

他に調教中や運動中の馬もいるのだが、みんな黒主に道を譲っている。馬ばかりではない。人間もだ。

他の馬屋番たちも仕事を中断して馬場に集まり、惚れ惚れと黒主を見つめては、ため息を吐いている。

「手入れもしてないってのになあ……」

「あれこそ三国一の名馬に違いないぜ……」

その名の通り真っ黒な馬体は陽光を受けて輝き、躍動する筋肉の流れがはっきり見える。

漆黒《しっこく》の鬣《たてがみ》と尾が風に波打ち、並外れた巨体にも拘《かか》わらず、しなやかな足取りは軽やかで、まるで飛ぶように優雅に馬場を駆けている。

馬櫛《まぐし》を掛けて馬体を磨《みが》き、鬣にも毛櫛を入れ、蹄《ひづめ》を磨き、最高の見栄えに仕上げるのも馬屋番の大事な仕事の一つなのだが、あの黒馬は何しろ彼らに身体を触らせてくれない。

それなのに鬣も尾も入念に梳《す》いたようにつやつや輝き、黒い馬体は顔が映りそうなほど、ぴかぴかに光っている。

国王の凱旋《がいせん》の直後、不思議な少女が連れてきた黒馬を見て、馬屋番たちは思わず息を呑《の》んだのだ。

彼らが担当する王族専用の厩舎には選《え》りすぐりの

馬ばかりが集められているが、この黒馬に匹敵《ひってき》する馬は一頭もいない。

だから、馬屋番たちは、恐ろしいことに、少女がこの馬を王宮に『献上』しにきたと考えた。

とんでもない勘違いではあるが、無理もない。

小者のような年端《としは》のいかない少女には明らかに不似合いな馬だったからだ。

手綱が掛かっていなかったので、馬屋番の一人が急いで轡《くつわ》を持ってきたが、少女は笑って注意した。

「よしなよ、蹴《け》られるぞ」

馬屋番は最初、この言葉を無視した。鞍《くら》を負っているなら調教済みのはずだからである。

かまわず近づこうとしたら、少女がその馬屋番の前に立ちはだかったのだ。

「やめろと言っている」

声こそ少女のものだが、静かに言われた言葉の迫力たるや、生半可《なまはんか》なものではなかった。

大の男の馬屋番が気圧《けお》されて、思わず後ずさる。

少女はその場の人間をぐるりと見渡して言った。

「この馬にはかまうな。厩舎には入れなくていい。餌《えさ》も水も必要ない。今はそこら中、青草でいっぱいだからな。放してやれば勝手に食べる」

とんでもない話だが、少女はさらに厳しい声で告げたのだ。

「絶対に手を掛けるな。そっちの命の保証はしないぞ」

この異常事態に馬屋番らはあからさまに動揺し、救いを求めて、彼らの頭《かしら》であるベンを窺《うかが》った。

五十年配の彼は人生のほとんどを馬に捧げてきた熟練者で、馬に関することなら誰より詳しいと自負している。

その彼にして、この黒馬には驚いた。

ベンはある程度、その馬の性格も、何を考えているのかも、見れば直感的にわかる自信がある。

それなのに、眼の前の馬はちっとも摑《つか》めないのだ。

ベンを見下ろしてくる眼差しは馬とは思えないほ

ど鋭く、認めたくはなかったが、圧倒されるほどの偉容だった。

人が馬に怯んだのでは話にならない。馬を扱う馬屋番ならなおさらだ。ベンは馬が好きだが、馬を前にしてこんな気持ちになったことは、ほんの小僧の頃でも覚えがない。

焦っている間に少女はさっさと鞍を外し、鞍下や腹帯と一緒にまとめ、ベンを一同の頭と見て手渡してきた。

「これ、預かってて」

反射的に受け取って、ベンは眼を剝《む》いた。

その鞍には茨《いばら》の輪に二本の剣が交差するロアの紋章が刻まれていたからだ。

慌てて巨大な黒馬を見上げる。

「こ、こいつあまさか……ロアの黒主か⁉」

「知ってるの？」

「ああ。将軍さまからもサイラスさまからも何度も聞いた」

「サイラスさま？」

「今の将軍さまのお父上だ。——黒主は決してロアを離れないはずだぞ。何でここに⁉」

「友達になったから一緒に来てくれたんだ。名前はグライア。ぼくがつけた。本人も気に入ってるみたいだな」

恐ろしいことを言って、少女は軽く馬の尻を叩き、本当に放してしまったのだ。

馬は悠然《ゆうぜん》と歩き出し、人間たちは逆に動転した。

「何してる⁉　早く捕まえろ！」

「逃げちまうぞ！」

慌てふためいたが、少女は平然たるものだ。

「逃げやしないよ。しばらく山にいるってさ」

「馬鹿を言うんじゃねえ！」

「パキラには狼《おおかみ》の群れがいるんだぞ！　熊《くま》も猪《いのしし》も！」

馬屋番たちの心配は至極もっともだったが、少女は笑って首を振った。

「こんな暖かい時期なら獲物はたくさんいるんだ。狼だってあんなでっかいもの、無理して襲わないよ。襲われたって、勝つのは馬のほうだ。保証する」

何を言われているのかさっぱり理解できず、恐慌状態に陥った馬屋番たちの中で、真っ先に意を決したのはベンだった。

鞍を握りしめ、恐ろしく真剣な顔で少女に話しかけた。

「あんたさん、あの馬の友達だと言ったが、黒主と話ができるのかね？」

「そりゃあできるよ。友達だもん」

「そんなら、あんたの友達に、せめて夜になったら厩舎に入るように頼んじゃあくれねえか。ロアの黒主なら、そりゃあ狼や熊にも負けやしねえだろうが、こっちが心配で身が持たねえ」

心から馬を愛する人であるベンは大真面目に少女に言い、その表情に何かを感じたのか、少女も真顔で答えた。

「そっちが礼儀を守ると約束するなら、言ってもいいけど？」

ベンは即座に頷いた。

「横木《よこぎ》は掛けねえ。厩舎の扉も閉めねえ。約束する」

馬屋番としてあるまじき発言だが、少女は笑顔になって、馬の大きな後ろ姿に声をかけた。

「グライア！」

馬は長い顔で振り返り、少女は明るい声で言った。

「この人が夜は厩舎で寝てくれって。柵は掛けないからって！」

すると、馬は軽く尾を振ってみせた。

まるで「わかったよ」と答えたかのようだった。

それから馬場を一回りすると、本当にパキラへと続く森に姿を消してしまったのである。

普通に考えたらこれは馬の脱走だ。馬屋番が血相を変えて、総出で捜索しなくてはならない局面だが、夕暮れになって、黒馬は本当に厩舎に戻ってきた。

ベンは自分の言葉を忠実に実行した。

厩舎の端《はし》に空《あ》いた馬房を用意し、念のため、飼い葉も水もたっぷり用意したが、決して馬に近づこうとはしなかった。

もちろん馬房に横木も掛けず、厩舎の扉も閉めなかった。

明け方、馬屋番が厩舎を覗いた時にはもう黒馬の姿はなく、その日の夕暮れ、また厩舎に戻ってきた。

若い馬屋番の中には、馬房に入ったところで素早く横木を掛けて馬を閉じ込めてしまえば——という者もいた。

そうすれば轡も掛けられる、調教もできるはずというのだが、ベンは断じて許さなかった。

部下たちに厳しく言い諭した。

「同じことをやろうとして、ロアでは何人も死人が出たんだ。ここで葬式を出すわけにはいかねえ」

それ以来、黒馬は自由に振る舞っている。

春の盛りだ。食べる草や飲み水には不自由しないだろうが、馬が走れる場所はほとんどない。

だから、こうして時々馬場まで走りに来るらしい。

またそれを皆が惚れ惚れと見物しているわけだ。

「……あれを馴らせないなんてなあ」

王家の馬に関わる人々だ。馬に関してなら誰にも負けないと自負しているが、玄人《くろうと》の彼らがお手上げ状態である。何とか近づこうと試みた者もいるが、一人残らず玉砕《ぎょくさい》した。

あの馬が唯一、自分に近づくのを許すのは、あの少女だけだ。

黒馬が急に歩調を緩《ゆる》め、首を傾げて振り返る。

人間たちがその視線を追うと、あの少女が本宮のほうからやってくるところだった。

馬場の入り口には高い柵が設けられている。調教中の馬が誤って飛び出してしまうのを避けるためだ。

人間も勝手に中に入れないが、この少女はそんな障害はものともしない。

ひらりと飛び越えた。

黒馬がすかさず駆け寄ってくる。

少女も笑って駆け出した。黒馬と並んで走る形になり、隣を走る馬の背に一飛びで飛び乗った。

この光景も今はすっかりお馴染《なじ》みになっているが、最初に見た時は、馬屋番一同、顎《あご》が外れそうな顔になった。

皆一様に自分の眼と正気を疑った。

大きな馬だけに、少女と並ぶと馬の体高は少女の頭くらいの位置にある。

それなのに、十三歳の少女は馬に劣らない速さで走りながら、その高所に飛び乗ってしまうのだ。

馬屋番たちは一人残らず震えあがった。

同時に納得した。

その頃には、国王に勝利をもたらしたバルドウの娘の噂は馬屋番たちの耳にも届いていたからである。

なるほど、これはただの娘ではない。あるはずがない。

ひょっとしたら、本当に人ですらないのかもしれないと、一種の畏怖さえ抱いていた。


鬣を摑んで疾駆する少女を、皆が感嘆の眼差しで見つめていると、本宮に寄っていた馬屋番の一人が慌てて駆け戻ってきた。

彼は現在、城内で起きている大騒ぎを仲間たちに告げ、馬屋番たちはいっせいに眼を剝いたのだ。

「あのお人を王さまの娘に？　ほんとかよ⁉」

激しく動揺して、あらためて少女を見る。

馬場を何周か駆け回って、馬の背から飛び降りたところだった。

黒馬は地面に降りた少女に近づき、長い顔をぐいぐい押しつけている。

もっと走ろうよ、と甘えているのか、それとも他に何かを訴えているのか……。

少女にはちゃんとわかっていたらしい。

黒い友達の太い首を撫《な》でてやりながら、ため息を吐いた。

「……一緒に行きたいんだけど、あの馬鹿が、ぼくをこの国の王女さまにするんだってさ」

馬は軽く嘶《いなな》いた。少女の言葉を聞き分けたような、おもしろがって笑っているような嘶きだった。

「……笑い事じゃないんだぞ、もう」

ぼやいても、馬は気にした様子もない。

少女と並んで歩きながら、馬屋番たちが鈴なりになっている馬場の入り口に近づいてきた。

少女が入り口の柵を開けてやると、黒馬は悠然と馬場の外へ出て、正門のほうへと歩いていく。

こんな光景を目の当たりにしながら、馬屋番たる者が何も手出しできないとは忸怩《じくじ》たるものがあるが、彼らは動こうとはしなかった。

顔を見合わせて、一人がおっかなびっくり少女に尋ねた。

「……いいのか？　逃げちまうぞ」

「逃げるんじゃないよ。ロアへ帰るってさ」

馬屋番たちはますます変な顔になった。

「……一人……じゃなくて、一頭で？」

「グライアなら何でもないよ」

今度はベンが遠慮がちに訊く。

「あんたさんは、行かないのかね？」

「うん。グライアは一緒に帰ろうって誘ってくれたんだけど——今は行けないって断った」

「そんじゃあ、やっぱり、お姫《ひい》さまになるのかね？」

少女はやれやれと細い肩をすくめてみせた。

「そんな柄じゃないんだけどね。ウォルが必死で頼むから、しょうがない。しばらくここにいることにするよ」

「そいつあ、ありがてえ」

何を思ったか、ベンは陽に焼けた顔で嬉しそうに笑って頷いた。

「あんたさんがこのお城にずっといるんなら、あの馬はまたお城に来てくれるかもしれねえからな」

「そう言ってたよ。また遊びに来るってさ」

ベンはしみじみと言ったものだ。

「……そん時ゃあ、馬櫛くらいは掛けたいもんだ」

「掛けさせてくれるんじゃないかな？」

少女は悪戯っぽく笑って請け合った。

「グライアはちゃんと人を見る。信用できる人だと思ったら、むやみに蹴ったり嚙みついたりしないよ」

「わっしは、信用されたかね？」

「されたと思うよ」

後年、この言葉は本当になるのだ。

王宮にやってきた黒主はベンにだけは気を許して、世話をさせるようになる。

ドラ将軍やシャーミアンが驚いて理由を尋ねると、ベンは誇らしげにこう答えた。

「騎士さんたちの間では、将を射んと欲すればまず馬を射よと言うらしいですが、お馬さまの場合は逆です。先に姫さまがわっしを信じてくださったんで、お馬さまもわっしを信じてくださったんでしょう」

大きな友達を見送った少女が本宮に戻ってくると、若い侍女たちが待ち構えていたように勢いよく飛び出してきて、少女を取り囲んだ。

どうやら少女の姿を探し回っていたらしい。

「お風呂の用意ができましたので、どうぞ」

少女は露骨《ろこつ》にいやな顔になった。

「……お風呂って、お湯の？」

王宮に来て以来、少女は実は一度も建物の中では入浴していない。泉や川で水浴びしている。

暖かい季節なので、それで充分だと訴えたのに、侍女たちは引き下がらない。

「お湯が冷めてしまいます……」

涙目で訴えられては抵抗も空《むな》しく、奥棟の一角にある湯殿へ向かう羽目になった。

その途中で、国王とばったり行き合った。

同行していた侍女たちは慌てて足を止め、緊張しながら頭を下げたが、少女は平然と声をかけた。

「仕事は終わったのか？」

「ああ。表で人と会う分はな。これから奥で書類仕事だ」

「王さまもたいへんだな」

「まったくだ。少し手伝ってくれんか？」

「……何だよそれ。まさか仕事を手伝わせる魂胆で、養女になれとか言い出したんじゃないだろうな？」

「いやいや、それとこれとは別の話だ」

若い男同士の、親しい友人たちの会話のようだが、この男は仮にも国王だ。最高権力者である。

その相手に対してこんな乱暴な言葉で話しかける少女を見て、侍女たちが絶句している。

城の表部分と奥棟のつなぎに当たる部分に国王の私的な書斎がある。一応、表部分に属しているので男子禁制ではないが、よほど信頼されている者でなければ、この書斎には入れない。

侍女たちも、迂闊《うかつ》にここには近づけない。

国王にとっては一人になれる貴重な場所だったが、自分で言ったように仕事もしなくてはならない。

「おまえに手伝って欲しいのは本当だぞ。後で少し顔を出してくれ」

「手伝えることがあるとは思えないけど、いいよ」

そんな話をして国王と別れ、少女は侍女の案内で奥へ向かった。

あの男は旅の途中、城の風呂は泳げるほど広いと言っていた。

いったい、どんな湯殿に連れて行かれるのかと、ひやひやしていたが、二重の扉を入った先にあったのは、意外にもこぢんまりとした、少し狭く感じるくらいの部屋だった。

正面は窓硝子《まどガラス》で、その外はもう庭である。

石造りの浴槽は大の大人がゆったり足を伸ばせる程度には大きかったが、泳ぐのは無理だ。つまりは女性用の浴室で、国王の浴室は他にあるのだろう。

恐ろしいことに。

そして浴室に入った少女はすぐに気づいたのだが、革靴《かわぐつ》越しにも石の床から熱気を感じる。

驚いて言った。

「――床が温かい？」

「はい。床下に湯を通していますので」

隣の給湯室で湯を沸かし、床下の配管に通しているので、冬でも暖かいのですと侍女は説明した。

水の豊富なコーラル城だからこそできる贅沢《ぜいたく》だが、少女にとっての大問題は他にあった。

浴槽に薔薇《ばら》の花がびっしり咲いていたのである。

花びらではない。花ごと摘《つ》んで、なみなみと湯を満たした浴槽に浮かべられている。水面が見えないくらいの量だ。

深紅、濃淡それぞれのピンク、黄色、白、薄橙《うすだいだい》、色とりどりに咲きほこる薔薇を見て、少女はそれはそれは深いため息を吐いた。

「……何これ？」

若い侍女たちはびっくりしたように顔を見合わせ、恐る恐る訴えてきた。

「……お気に召しませんでしたか？　薔薇の中でも特に香りのよい種類ばかり摘んだのですが……」

「お色を揃《そろ》えたほうがよかったのでしょうか？」

「いやあの、そういう問題じゃなくて……」

頭を抱えながら、少女は根気よく尋ねた。

「何で、薔薇の花が、お風呂に入ってるのかな？」

この質問の意味が侍女たちにはわからない。

不思議そうに瞬きしてまた顔を見合わせ、律儀《りちぎ》に少女の質問に答えた。

「どうしてと言われましても……」

「お湯に、よい香りがつきますので……」

だからそれが余計なことなんだってば——と口にするほど、少女は非情にはなれなかった。

この世界で湯を沸かしたり、湯船に湯を溜めたりするのはかなりの重労働である。

現にせっせと働いたであろう侍女たちの頰《ほお》は赤く染まり、額《ひたい》に汗がにじみ、瞳はきらきら輝いている。

よほどの労力を使ってこの風呂の用意をしたのは間違いない。

今も床を暖めるために、給湯室で他の侍女たちが、懸命《けんめい》に火を焚《た》いて湯を沸かし、沸いた傍《そば》から床下の配管に流し込んでいるはずだ。

　ひたすら痛む頭を押さえて、少女は何とか笑顔で言った。

「……ありがとう。もういいよ」

「ですけど、お湯を足したり、埋《う》めたりしませんと……」

「御髪《おぐし》も洗わせていただきますので……」

　この場に残って少女の入浴を手伝うと言うのだが、少女は首を振った。

「――身体を洗うのに、人に手伝ってもらうことはないよ。いいから一人にして」

　これ以上は少女の機嫌を損ねると本能的に感じたのだろう。侍女たちは不安そうな顔になりながらも引き下がった。

　なぜ不安そうだったかと言えば、侍女たちの予想通り、しばらくして女官長が部下の仕事を監督するためにやってきたからである。自分たちの働きぶりをアピールしなくてはならないのに、人払いを命じられてしまいましたと、部下が途方に暮れた様子で言うのを聞いて、女官長は苦笑した。

大方《おおかた》、そんなことになる予感はしていたのだ。

「失礼致します。姫さま」

　そっと声をかけて、浴室を覗いた女官長は驚いた。脱いだ衣服を掛ける椅子には男ものの大きな上着が掛かり、床にはこれまた大きな靴が脱ぎ捨てられ、他にも男ものの衣服が散乱している。

　とどめに、浴槽に入っていたのは少女とは似ても似つかぬ大きな人だった。

「――陛下⁉」

「おお。いい湯加減だな」

　薔薇風呂に熊が肩までつかっている……。

　著《いちじる》しく不似合いな光景だが、当の熊は喜んで薔薇まみれになっているようで、楽しげに湯に浮かぶ花を弄《もてあそ》んでいる。

「風呂も久しぶりだ。確かに芳醇《ほうじゅん》な香りだな」

「ど、どこから入られました⁉」

「その窓からだ」

「あの方――姫さまは⁉」

「そこから出て行った」

濡《ぬ》れた手で窓を指して、国王は大きな身体を浴槽に長々と伸ばしながら、くつろいだ笑顔で言った。

「最近忙しすぎて風呂にも入ってないだろう、少し臭《にお》うぞ、と、あの娘に言われてな。いい匂いの風呂が沸いているから入ってこいと言われたのだ。怒られる前に言うが、俺は一応、拒否はしたぞ？」

絶望的な表情で天を仰いだ女官長だった。

侍女たちは少女の入浴を手伝うのではなく、熊を洗う羽目になった。

熊（国王本人）も自分で洗えると拒否したが、この状況なら国王より女官長のほうが強かったのだ。

「お背中を、流させていただきます」

侍女に命じて、大きな身体を二人がかりで丹念に摺《す》らせると、おもしろいくらい垢《あか》が取れた。

バルロはこの後、用事があって国王に面会を求めたのだが、従兄の身体から、いい香りがすることにすぐに気づいた。

「どうしました、従兄上《あにうえ》。ずいぶん艶《つや》っぽい香りですな」

「うむ。風呂あがりなのだ。湯に薔薇の花が浮いていたから、その香りが移ったのだろう」

バルロは真顔で言ったものだ。

「それはまた根本的に使用法を間違えていますな。そういうものは本来、女性に使わせるべきです」

翌日から、国王は本当に少女を執務室に呼びよせるようになった。

依然として、大勢の諸侯たちが王冠を取り戻した国王の下を訪ねてくる。

彼らは当然、公的な執務の場に、こんな少女がいることに怪訝《けげん》な顔をする。そのたび、国王が平然と答えるわけだ。

「この娘は俺を再度の王座に導いてくれた勝利の女

神だ。その恩義に報いなくてはならんからな。このたび、俺の養女として、この国の王女として迎えることにした」

諸侯たちの反応は様々だった。

絶句する者、仰天する者、驚き慌てふためく者、そして、ほんの一瞬ではあるが国王に対して非難の眼差しを向ける者……。

ただし、面と向かって諫言する者はいなかった。

一方、王宮に来るまでに少女の噂を既に耳にしていたのか、国王の決断を手放しで賛成する者もいた。

「それはそれは、まことに喜ばしいことでございます」

「勝利の女神の数々の噂は自分も耳にしております。これで陛下の王権も盤石《ばんじゃく》のものとなりましょう」

国王の横に控えた少女は諸侯たちがどんな反応を見せても特に反応せず、ほとんど口も開かず、何を言われても笑顔で応じていた。

そのくせ、諸侯たちが下がった後、真顔で言ったものだ。

「大ざっぱだけど、四つに分けよう。国王軍に参加した人と参加しなかった人、養女話に難色を示した人と賛成した人だ。――まず国王軍に参加して養女話に賛成した人。ドラ将軍とナシアスが代表だね。実際に戦ったわけじゃないけど、女官長もここだ。ものすごく物好きだけど、信用できる。参加はしなかったけど養女話に反対もしない人。バルロさんやヘンドリック伯爵かな。ずいぶん屈折した心理みたいだけど、この人たちも大丈夫。国王軍に参加してなくて養女話に反対の人は、当然の反応だから一時保留として、問題は国王軍に参加しなかったのに、養女話に手放しで賛成している人だ。信用するのはちょっと待ったほうがいいだろうな」

国王が笑顔で、しかし、眼は真剣そのもので確認した。

「おまえは、そう思うのだな？」

「そりゃあそうさ。改革派の威勢《いせい》がよければ改革派につく。国王が強いんなら国王につくって日和《ひより》見《み》主義なわけだから……」

ここで少女は軽い非難の眼差しを国王に向けた。

「……結局、人を試金石に使おうとしてないか？」

「滅相もない。俺の勝利の女神になんでそんな不遜な真似ができるものか。——ほんのちょっぴりしか考えなかったぞ」

堂々と断言した国王の頭を軽くはたいて、少女は続けた。

「後は、国王軍に参加しなかった人たちの言い訳だけど……」

「うむ。どれが信用できる？」

この場にはブルクスも同席していた。

この人は今は単なる侍従長《じじゅうちょう》でも、前国王の時代には辣腕《らつわん》を振るった名政治家である。

その彼にして、少女の言動には眼を見張っていた。

知りあってまだ日は浅いが、この少女が見た目と裏腹な精神の持ち主であることはわかっている。

それでも驚いた。何より意外だったのは、この少女が諸侯たちの前で、相手に対する感情をかけらも見せなかったことだ。

穏やかな笑顔で応じながら、冷静に相手の本心を見定めて、信用できる者とできない者を選別する。

しかも、それを相手に気取らせない。

交渉はうまくいった、感触は上々だったと相手を安心させ、満足させて帰しているのだ。

これは口で言うほどたやすいことではない。それどころか、交渉術の中でもかなりの高等技術だ。

それを十三歳の少女が自在に駆使していることに驚いたのである。

そして実は国王にも同じことができる。

名将に名政治家はいないとよく言われる。だが、ごく稀《まれ》に、この両方を備えている人物がいるのだ。

国王がまさにそれだ。

そして——信じがたいことではあるが、この少女もそうだった。

もしかしたら……と、ブルクスは考える。

国王は本当に、勝利の女神を連れて戻ったのかもしれないと。

常に現実的な自分らしくもない発想である。

ブルクスは密かに己を笑いながら、国王と少女のやりとりを楽しげに見つめていた。


少女が本宮で暮らし始めて、三日目――。

侍女たちが早くも女官長に泣きついた。

「どうしてもあの方のお世話が間に合いません!」

高貴な身分の女性というものは衣食住のすべてに人の手を借りなくては生活できない。

朝は洗面道具を運ばせて、顔を洗い、侍女たちの手を借りて服を着替え、髪を整えさせ、食事の膳《ぜん》を運ばせる。

ここまでが侍女の朝の仕事だ。

しかし、あの少女の場合、洗面道具を持った侍女が赴《おもむ》くと、既に部屋はもぬけの殻《から》だというのである。

「もっと早く、ほとんど夜明けと同時に、お部屋に伺うようにしたのですが……」

それでも間に合わない。既に少女の姿はない。

その後も問題は山積みで、とにかく少女の居場所が摑めない。

通常、王女というものは勝手気ままに城内をうろうろするものではない。やりたくてもそんな真似はできないのだが、あの少女にとっては何でもない。

武器庫だろうが国王の書斎だろうが、神出鬼没だ。

侍女たちは必死で城内を探し回る羽目になる。

やっとのことで少女を見つける頃にはへとへとだ。

侍女たちは最初、少女本人に泣きついた。

「どうか、お世話をさせてください、このままではわたしたちが何も仕事をしていないことになります。女官長に叱られてしまいます」

必死で訴えても、困惑顔で言い返される。

「起こしに来てもらうまで寝床でじっとしてるの?おかしいよ。ぼくは着替えくらい一人でできる」

　そんなわけで、侍女たちは最後の手段として女官長に訴え、少女もこの問題ははっきりさせなくてはと考えていたようで、国王の同席の下、遠慮がちに女官長に告げたのだ。

「ぼくのことはかまわなくていいって、女官長から言ってくれないかな？　あの部屋は引っ越すから」

「それでは、代わりのお部屋をご用意します」

　少女は首を振った。

「それじゃあ同じことだ。女の人たちは仕事をしないって叱られるんだろう？　――だから、世話したくてもできないところに行くよ。西離宮だっけ？　あそこに住む」

　女官長は仰天した。

「とんでもない！　離宮なら他にもございます！　西離宮はいけません！　あそこは姫さまが暮らせるようなところではありません！」

「大丈夫だよ。こんなきらきらした建物の中より、ああいうところのほうがずっと居心地がいいんだ」

「でしたらなおのこと、男の召使いを何人かお傍に置かなくては！　お食事の世話をする係も！」

「ご飯なら下へ食べに来るよ」

　どうしてもお世話係を断りたい少女は、あっさり言ったが、女官長もこればかりは頷けなかった。食い下がった。

「あの離宮にお一人で暮らすのは無理です！」

　西離宮は何代か前の国王が避暑のためにつくらせた離宮で、同じ城内とはいえ、本宮からはちょっとした距離がある。

　一応、本宮から道が通してあるが、建物が建っているのは完全にパキラの山の中だ。

　つくらせたのは当時の国王で、使用するのも国王本人だったから、西離宮で過ごす時は大勢の家来を引き連れて行き、夜も明々と灯《とも》りを灯していた。

　だから何事もなく済んだのである。

　年端もいかない少女が一人で寝起きなどしたら、何が起きるかわからない。必死に止めたが、少女は真顔で言ったのだ。

「人が大勢いたら、向こうが気を悪くするよ」

「向こう？」

「そう。山にいる動物たち。ぼく一人ならしばらくここで暮らすから、よろしくねって言えば済む」

「……よろしく？」

「そうだよ。もともと彼らのほうが先に住んでるんだから、挨拶《あいさつ》は大事でしょ。きちんと済ませないと。ぼくは後から来たよそものなんだ」

ほとんど喘《あえ》ぎながら、女官長は声を絞り出した。

「パキラには……危険な獣《けもの》も多くいます」

「狼なら、ぼくにはちっとも危険じゃない。熊と猪だったら――ないとは思うけど、もし襲ってきたら、取って食べるよ」

笑顔で言って、少女は絶句している女官長に問いかけた。

「――熊と猪、食べる？」

「は……？」

「ここでは熊や猪の肉は食べるの？」

面食らいながらも、女官長は律儀に答えた。

「本宮の料理長は、どちらも得意にしておりますが……」

「それじゃあ、大きいのが取れたら声をかけるよ。さすがに一人じゃ食べきれないから」

すると、国王が真顔で割って入ってきた。

「俺はどうせなら鹿肉がいいのだが……取れんかな？」

少女も真面目に言い返した。

「ちょっと難しいんじゃないかな。鹿は襲ってこないだろ？」

「襲ってこなければ、取らんのか？」

「ウォルと旅していた時と違って、この城には食べるものがたくさんあるんだ。余計な狩をする必要はないよ」

「なるほど。もっともだ」

国王と少女は当たり前のように頷き合い、国王は女官長を安心させるように笑いかけた。

「女官長。この娘の希望通りにしてくれんか。何も起きないことは俺が保証する」

そこまで言われてしまっては致し方ない。

まだ半信半疑の女官長だったが、その日のうちに少女の言葉が嘘ではなかったと知る羽目になった。

長い間、使われていなかった建物である。

女官長は若い侍女たちを伴って西離宮に上がり、大掃除《おおそうじ》を済ませ、新しい寝具を運ばせた。

かなりの大仕事になったが、まだ明るい日中だ。

これだけ人の気配があれば、獣も姿を見せまいと思ったのに、居間を片付けていた侍女の一人が突如、甲高い悲鳴をあげたのだ。

「ひいっ！」

全員がはっとして、侍女の視線の先を見る。

テラスに姿を見せたのは恐ろしく巨大な狼だった。

爛々《らんらん》と眼を光らせて、自分たちの縄張りに無断で入り込んだ人間たちを見つめている。

堂々と人間の前に姿を見せるとは予想外だったが、集まっているのが女ばかりと見て、これほど大胆な行動に出たのかもしれなかった。

他の女官たちも悲鳴を飲み込んでいる。

さしもの女官長も血の気が引いて動けなかった。

先に悲鳴をあげた侍女は腰を抜かして、がたがた震えている。恐怖のあまり身動きもできないのだ。

男たちを連れてくるべきだったと悔やんでも、遅い。

その時、少女が進み出た。

身振りで、女たちに『静かに』と合図する。

平然と歩いて狼の正面に立った少女を、女官長は固唾《かたず》を呑んで見つめていた。

狼は少女の身体より一回りも大きい。金色に光る眼で少女を見つめ、少女も静かに狼を見つめている。

一人と一頭は少しの間、その状態で対峙《たいじ》していた。

それから狼は頭を反《そ》らし、背を向けると、悠然と森へ帰って行ったのだ。

侍女たちの口から盛大な安堵《あんど》の吐息が洩れたのは

言うまでもない。

少女は振り返ると、優しい声で、まだ震えている女たちをたしなめた。

「ああいう時は、騒いじゃだめだよ」

床にへたり込んだ侍女も他の侍女たちも、呆然《ぼうぜん》と少女を見つめていた。

その顔には恐怖の表情さえ浮かんでいる。

女官長も蒼白《そうはく》になっていたが、果敢に尋ねた。

「……挨拶が、済んだのですか？」

「ああ。——仲良くやれそうだ」

侍女たちは完全に震えあがって帰って行ったが、この夜から少女は本当に一人で西離宮で寝起きするようになった。

女官長はそれでもまだ不安だった。

翌日も翌々日も、日中は様子を見に行ったのだが、少女は山の中に入っているのか、姿を見かけない。

大丈夫だろうかと案じながら本宮へ戻ると、その女官長の後を追うようにして少女が降りてきた。

それも、なんと、息絶えた子鹿を担いでだ。

これを目撃した城の人間は一人残らず絶句した。

女官長もだ。自分の見ているものが信じられず、啞然として立ち尽くしたが、その驚愕《きょうがく》の眼差しを非難と誤解したようで、少女は肩に鹿を担いだまま気まずそうに弁解した。

「ぼくが獲《と》ったんじゃないよ。崖《がけ》から落ちるのが見えたんだ。こういうのは本当なら狼の食事に取っておくものなんだけど、ウォルが食べたがってたから、持ってきた」

その格好のまま、平然と歩いて厨房《ちゅうぼう》まで食材を届けに行ったのである。

当然、厨房の人間も震えあがった。

小声で囁き合った。

「どうなってんだ、あれ……」

「子鹿ったって、賭《か》けてもいいが、あの姫さまより重いのは確かだぞ。それを……」

本職の猟師《りょうし》たちでも自分の体重より重い獲物を

一人で担いで運んだりはしないし、できない。

当の少女は笑って、厨房の責任者に話しかけた。

「ウォルがここの料理は美味しいって言ってたんだ。晩ご飯に食べたいんだけど、料理できる？」

普段の料理長ならば、『料理ができるか？』とは、自分を侮辱しているのかと憤慨しただろうが、この時は控えめに意見を述べるだけにとどめた。

「……一晩吊したほうが、肉がうまくなります」

「それじゃあ、明日お願いするね」

翌日、少女は初めて本宮の食堂で、国王と一緒に晩餐《ばんさん》を摂《と》った。

主菜はもちろん少女の持ってきた子鹿である。

「おいしい！」

「うむ。これはうまい」

国王も少女も大喜びで舌鼓《したつづみ》を打った。

特に少女は細い身体にも似合わぬ量の肉をぺろりと平《たい》らげ、厨房は二度、戦慄《せんりつ》した。


ヨハネス祭司長は困窮《こんきゅう》の極みにあった。

彼の前任のジェナー祭司長が国王の激しい怒りを買って、処刑同然に命を奪われてから、まだほんの半月あまりである。

その新祭司長に思わぬ災難が降りかかったのだ。

ヤーニスは万物を司る神である。従って、国王の戴冠式《たいかんしき》も代々ヤーニス神殿で行われ、王家の系譜も神殿内に厳重に保管されている。

二年前、その系図に新たな名前が加わった。

言うまでもなくウォル・グリーク・ロウ・デルフィンその人である。既に死亡した十七代国王ドゥルーワ・ジエンタ・ヴァン・デルフィンの息子として名前が記されたのだ。

次にこの系譜に記される名前があるとしたら、現国王の后《きさき》か、あるいは庶子のはずだった。

婚姻の誓約によって国王の妻となった者、または国王の血を受けた者、それ以外の者の名前を王家の系譜に記すのはあり得ないことだったのだが……。

複雑な心中《しんちゅう》を懸命に抑えて、祭司長は筆記具を勧めたのである。

「それでは……署名を」

本来、系譜に名前を記すのも祭司長の役目だが、二年前、ウォル・グリークは例外的に自らの手で署名した。

そして今日、同様に、少女にも自らの手で署名させたのだ。

新たに加わった名前はグリンディエタ・ラーデン。ヨハネス祭司長は慚愧《ざんき》に堪《た》えない思いで、その名と国王の続柄を『王女』と記載したのである。

この結果、少なくとも書類上は正式に、国王と少女の間に親子関係が成立し、少女はデルフィニアの王女となったのだ。

しかし、当の本人はあくまで冷静だった。

というより呆れていた。

「今の国王は結婚もしてなくて王妃もいないのに、先に王女ができるって？　……順番がめちゃくちゃだな」

「細かいことを気にするな」

「ウォル。ぼくは人間社会の掟や流儀はさっぱりだけどな、さすがにこの問題が細かくないことくらいはわかるぞ」

国王以外の面々はまったくもってその通り――と頷いている。

中でも見届け役を務めたヨハネス祭司長の葛藤《かっとう》は深かった。

こんなことは決して許されない暴挙ではないかと、自らの信ずる神に背く大罪ではないかという意識が消えなかったのだ。

それでも国王の意思には逆らえず、良心と信仰に無理やり蓋をして、結果的に荷担してしまった。

浮かない顔で、恭しく系譜を片付ける。

祭司長の複雑な心中を察していたのか、今は王女となったバルドウの娘は、国王や他の立会人が出て行った後も部屋に残っていたが、祭司長と二人きりになった隙を見て、そっと囁いてきた。

「……あのさ、黙ってればわからないと思うから、ぼくの名前、何なら今のうちに消しちゃいなよ」

「と、とんでもない！」

たとえ、祭司長自身がどんなにそうしたくてもだ。それこそ神をも恐れぬ所行である。それはならぬと自らを戒《いまし》めた祭司長だった。

しかし、この時から三年後――。

ヨハネス祭司長は、自らの手で王女と記したその続柄を、今度は『王妃』と、あらためることになるのである。

何とも言えない感慨《かんがい》があった。

あの時、自らの心に負けて迂闊なことをしなくて本当によかったと、あれこそはヤーニスのお導きであったに違いないと、ヨハネス祭司長は万物を司る神に心から感謝した。

鷹は翔んでいく

国王の結婚が来年三月に決定したという知らせはたちまちコーラル中に広まった。

市民は早くも大盛りあがりである。

「——しかも、相手が相手だぜ！」

「あの姫さまが王妃さまにねえ？」

「いったん養女にしてからお后《きさき》に直すのか。うちの王さまもやるじゃねえか」

「あの勇ましい姫さまだ。さぞかし強い王子さまが生まれるだろうさ！」

このように大歓迎の人が半数を占めているが、懐《かい》疑的《ぎてき》な意見も多数ある。

その人たちは王の慶事に喜ぶよりも不安と心配を真っ先に感じたようだった。

「そりゃあ、あの姫さまは戦《いくさ》はお強い人らしいけど、王妃さまとなると、どうかねえ……」

「一度、お見かけしたことがあるがよ。タウの連中と一緒にいたもんで、いったいどれが姫さまなのか、咄嗟《とっさ》にはわからなかったぜ」

「おう。まるっきり山賊みたいだった」

「あのお人が王妃さまなんかになれるのかねえ？　他の、れっきとした王女さまのほうがいいと思うけどねえ……」

「そこはほら、うちの王さまはお妾《めかけ》の子だからさ」

「……いやあ、妾ですらなかっただろう？」

「だから逆に、よその国の王女さまには相手にしてもらえないんじゃないか？」

だいたいこの辺《あた》りで賛成派が食ってかかる。

「馬鹿《ばか》なことを言うもんじゃねえ！」

「そうとも！　今のうちの王さまならタンガだってパラストだって喜んで王女を差し出すだろうぜ！」

反対派も黙ってはいない。

「だったら、そっちにすりゃあいいじゃねえか」

言い返しはするのだが、明らかに勢いは劣《おと》る。

それだけ現国王の人気は高いのだ。

コーラル市民は、一度は自分たちの手で国王を追い出したことを忘れていない。

あの時は農婦の生んだ庶出《しょしゅつ》の王など認められるかという改革派の言い分が正しいように思えたのだ。

だから、改革派の施政を歓迎したのだが、期待に反して、その統治はひどいものだった。

特に顕著《けんちょ》だったのが、特権階級を笠《かさ》に着た横暴だ。

商人は代金を踏み倒され、女は兵隊に乱暴され、その横暴を訴《うった》えても泣き寝入りを強《し》いられる。

そんな事例が後を絶たなかったのだ。

街の治安も最悪だった。

中央の華と謳《うた》われたコーラルが、一時は見る影もないほど荒《すさ》んだ街になってしまったが、今は違う。

国王に批判的な人々も、それは認めざるを得ない。

改革派の統治時代に比べて、街の雰囲気も格段によくなり、市民たちの生活も豊かになっている。

国王に言わせれば、

「俺は何も特別なことはしていないぞ。貴族や官憲の横暴を取り締まった。それだけのことだ」

というのだが、なかなかできることではない。

一方、女性たちには別の関心事があった。

「どんな婚礼衣裳《いしょう》をお召しになるんだろうねえ」

「あの姫さまがねえ。えらいことになったもんだ。ちゃんと女に化けてくれるんだろうかねえ？」

「そう！　そこだよねえ！」

どっと笑いが洩《も》れる有様だ。

男ではあるが、フランクルの最大の関心もそこにあった。

コーラルに服飾工房を構えるフランクルは、自分はコーラル一の、すなわちデルフィニア一の仕立職人だと自負している。

庶民の女たちは、自分の服は言うまでもなく夫や子どもの服も自分の手で仕立てる。

必然的にフランクルの顧客《こきゃく》は富裕層に――特に貴族階級に限られてくる。

まだ三十代半ばのフランクルだが、上等の顧客を確保する努力は怠《おこた》っていない。

年に何度もペンタスに足を運び、最高級の生地を買いつけ、最新流行の意匠《デザイン》を取り入れている。

ペンタスの職人たちが精魂《せいこん》込めて仕上げる刺繡《ししゅう》やレース、リボン、組紐《くみひも》、金具、飾りボタンなども、せっせと仕入れて提供している。

仕上がりが豪奢《ごうしゃ》な分、かなり高額になるのだが、他にはない衣裳ということで、一《いち》の郭《かく》に館を構える大物貴婦人たちの覚えもいい。

フランクルは中背の体格で、大きな頭に広く張り出した額《ひたい》、強い光を宿す三白眼《さんぱくがん》ぎみの眼をしていた。

不細工でこそないが、美男とは言いがたい顔つきである。

しかし、物腰は至って丁寧《ていねい》で如才《じょさい》なく、気位《きぐらい》の高い大物貴婦人たちのあしらいも抜群だった。

フランクルが美男ではないことも、意外に利点がある。

貴婦人たちは美男の仕立屋のほうを好むわけだが、あまりに色男だと肝心《かんじん》の衣裳の支払いをしてくれる貴婦人の夫たちに非常に受けが悪いのだ。

その点、フランクルなら安心というわけである。

彼の顧客は男女を問わない。

夫人の注文を受けて、その夫に気に入られれば、必然的に夫の衣服も仕立てることになる。

貴族階級に巧みに入り込んでいった結果、ありがたいことに、王宮に出入りを許されるようになり、今では官僚たちの礼服も仕立てさせてもらっている。

といっても、王宮で働く官僚はかなりの数なので、他にも仕立職人が出入りしている。すべての礼服をフランクル一人ではとても仕立てられないからだ。

何より王宮御用達の業者を一つに限ってしまうと、その業者に特権を与えることにつながりかねない。

それは好ましくないというのが国王の配慮《はいりょ》であるらしい。

現在の国王は地方貴族の出身で、権勢とは無縁の育ちをした人だ。

なるべく多くの市民と親しもう、関わろうとしているのかもしれなかった。

実は、現国王が戴冠式《たいかんしき》に着た礼服を仕立てたのが他ならぬフランクルだった。

初めて会った時には典型的な田舎《いなか》育ちの若者だと思ったが、背は高く、筋骨隆々《きんこつりゅうりゅう》として、見惚《みと》れるほど立派な体格だった。服の仕立て甲斐《がい》があったのはもちろん、気さくな人柄《ひとがら》にも好感を持った。

この王の施政が長続きするように願ったが、即位当時は市民の声は懐疑的だった。

「庶子の王さまなんて、ほんとに務まるのかねえ」

「大きな声じゃ言えないが……先王の甥《おい》のサヴォア公爵《こうしゃく》さまのほうがふさわしいんじゃないか?」

実際、その不安は的中してしまった。

それから半年も経たないうちに改革派が決起して、国王は王宮から逃亡するはめになったのだ。

その後、見事に王座を奪還《だっかん》し、立派な施政を敷き、このたびめでたく結婚の儀となった。

戴冠式の時の縁《えん》もあって、自分に注文がくればいいのにと、フランクルは密かに願っていた。

だから、念願叶って王宮に呼び出され、結婚式に国王がお召しになる礼服と、花嫁の婚礼衣裳を頼みますと言われた時は感無量だった。

快哉《かいさい》を叫んでその場で踊り出したい気分だったが、興奮《こうふん》を顔に出さないように、最大限努力しながら、フランクルは深々と頭を下げたのである。

「——まことにありがたき幸せにございます。陛下のご寸法は承知しておりますが、何分、三年前のことになりますので、あらためて採寸させていただいてもよろしいでしょうか」

フランクルを呼び出したのはコーラル城の「女将さん」とも言うべき女官長だった。城の奥を一手に仕切っている人だから、王妃が誕生したら、身辺のいっさいはこの人が監督することになる。

もちろん、国王の身辺もだ。

「それには及びません。日常的なお召しものはわたしどもが担当しておりますが、陛下の寸法は変わっておりませんから。――とはいえ、あなたがご自分の仕事に万全を期したいと思うのももっともです。ただ、陛下は今、たいへんにお忙しく、なかなかお時間を割《さ》けませんので、お時間の取れそうな時に、あらためてお声をかけます」

「かしこまりました。それではさっそく、姫さまのご寸法を頂戴しにあがります」

女官長はなぜか深く嘆息《たんそく》した。

「……そう簡単には参らないのですよ、フランクルどの」

「どういうことでございましょう？」

「姫さまは今、王宮にはいらっしゃいません」

フランクルは、はて？　と思った。

箱入り娘という言葉があるように、未婚の女性がふらふら出歩くのは世間から眉《まゆ》をひそめられる。

市井《しせい》の女ならともかく、貴族階級の女性は滅多《めった》に屋敷の外へ出たりしないものだ。

しかも、王妃となるべき女性である。

国王との結婚が決まったからには、城の奥深くで、大勢の女官たちに傅《かしず》かれて、婚礼に備えて、入念な支度をしているはずだった。

一連の儀式《ぎしき》の流れはもちろん、式の後に開かれる舞踏会での挨拶《あいさつ》、立ち居振る舞いなど、王妃として覚えなければならないことは山積みだ。

とは言え、王女が街見物に出ることもないわけではないから、フランクルは遠慮がちに申し出た。

「それでは、しばらく待たせていただけますでしょうか？」

カリンは何とも言えない顔になった。

女官長のカリンは三年前の国王の再度の即位以来、事実上、国王の側近の一人とも言える女傑《じょけつ》である。

そんな人が恐ろしく真剣な顔で声を低めた。

「フランクルどの。構えて他言は無用に願います」

「おっしゃるまでもございません」

フランクルが大物貴婦人たちの信頼を得たのも、

壮麗《そうれい》な館の奥で見聞きしたことは決して外には洩らさなかったからである。

だが、女官長の次の言葉には耳を疑った。

「姫さまは何日も前から城を留守《るす》にされています。もしかしたら国外に出られたかもしれません」

「……はい？」

間抜けな声が出てしまった。

どう考えてもそれはおかしい。

なぜなら、国王がコーラル城に滞在していることは間違いないからだ。

この国の王妃になる女性は現在は国王の娘である。未婚の女性が父親の下を離れて何日も家を留守にするなど、庶民の家でもできることではない。

しかも、ただの父親ではない。国王だ。

王女たるものは通常、完全に国王の庇護《ひごか》下にあり、勝手な行動などできるわけがない。

外出するにしても、国王の許可が必要不可欠だ。

従って、フランクルが、国王は王女のこの行動を容認しているのだろうと思ったのも当然である。

そして城の奥向きのことは女性の管轄《かんかつ》である。

すなわち、女官長の管轄だ。

ならば王女の行動の理由を女官長も知っているに違いない。

あくまで善意に解釈《かいしゃく》してフランクルは控《ひか》えめに質問した。

「……ご旅行中ということでしょうか？」

女官長の口元にちょっぴり皮肉な笑みが浮かんだ。

「体裁《ていさい》のいい言葉を使えばそうなりますが、有り体《あてい》に申せば行方不明です」

フランクルはぽかんとなった。

何を言われたのか理解が追いつかなかったのだが、顔から一気に血の気が引いた。

そんなことを有り体に言われた一市民としては、悲鳴をあげるのを堪《こら》えるのがやっとだったのだ。

恐ろしい事態だった。

この国の王妃となる女性が『行方不明』である。

生きて再会できるかどうかも怪《あや》しいというのに、カリンはやんわりと言《い》い諭《さと》してきた。

「驚かれるのも無理はありませんが、心配はご無用。あの方の身の安全についてなら、何も案ずる必要はありません。――それよりも、もっと大きな懸念《けねん》がありますす」

尋《たず》ねるのも恐ろしかったが、最大限の勇気を振り絞って、フランクルは訊《き》いた。

「……どのようなことでございましょう？」

カリンは苦い息を吐《は》いて言ったのである。

「はたして……ご婚礼に間に合うように帰ってきてくださるかどうか……」

冗談抜きに意識が遠くなりかけた。

フランクルは取り乱すのをやっとのことで堪えて、必死に言《い》い募《つの》った。

「……お、お言葉ですが、カリンさま。ご婚礼衣裳、しかも妃殿下となられる方のご衣裳となりますと、一朝一夕に仕上げるわけには参りません！」

「……わかっております」

「それなのに、ご本人がいらっしゃらない⁉」

「ですから、わかっておるのです。あなたがいかに腕のいい職人であっても、ご本人を見もせずに、ご衣裳をつくれるはずがありません」

カリンにとっても熟慮の末の判断だったのだろう。

「ですから、あなたにはどのような衣裳にするのか、図案だけでも先に考えておいていただこうと思ってお呼び致しました。ご婚礼衣裳だけではなく、その後の舞踏会の衣裳も必要です。姫さまが戻られたら、すぐ連絡します」

ごくりと唾《つば》を飲んで、フランクルは言った。

「いつお戻りになるかは、わからないのですね？」

「残念ながら……」

カリンも苦渋の表情だった。

「とにかく、お戻りになったら、ご連絡致します。具体的なお話はまたそれからということで……」

とんでもないことになった。

これまでさまざまな注文を受けてきたが、まさか婚礼衣裳という重要極まりない注文で本人不在とは、最大の難事だと思いながら、フランクルは尋ねた。

「かしこまりました。……して、姫さまのお好みはどのようなものでしょう?」

衣裳には流行《はやり》というものがある。

それでなくとも貴婦人とは気むずかしいものだ。

フランクルの顧客にも緑しか着ないという女性や、この色はいや、この襟《えり》の形はいや、さらには特定の業者の生地でなければいやだという女性もいる。

婚礼衣裳も舞踏会用の衣裳も、第一に生地を決めなくては話にならない。

何色にするのか、生地の種類は、柄物にするなら、どんな柄にするのか。

花柄だけでもその種類は膨大《ぼうだい》だ。他にも唐草文様、幾何学《きかがく》模様など数え切れず、その他リボンやレース、髪飾《かみかざ》りなどの小物も如実《にょじつ》に好みが出る。

女性特有のこだわりもある。

王女の好みを押さえておきたいと、フランクルが考えたのも当然だが、女官長は恐ろしくきっぱりと、確信を込めて断言した。

「間違いなく、何でもいいとおっしゃいます」

「……カリンさま」

フランクルは絶望的な気持ちで王宮を辞したのである。

他言無用と言われたが、念を押されるまでもなく、王女が行方不明だなどと吹聴《ふいちょう》できるはずがない。

工房に戻ったフランクルは若い女性の好みそうな意匠《デザイン》を何点か描いてはみたが、着せる対象の実物を見たこともなく、好みもわからないとあってはどうしようもない。

フランクルは、はらはらしながら連絡を待った。

しかし、待てど暮らせど王宮からの使者は来ない。

一月《ひとつき》が過ぎ、二月《ふたつき》が過ぎても、何の音沙汰《おとさた》もない。

その間、フランクルは他にも仕事をしていたので、顧客の公爵夫人から質問されることもあった。

「――陛下のご婚礼が近づいていますけれど、あの姫さまはどんな衣裳をお召しになるのかしら。ねえ、フランクル、あなたは何か聞いてはいない？」

この時、フランクルは仕上げた衣裳を納めたところだった。それもあって、公爵夫人は王女の装いが気になったのだろう。

フランクルは平身低頭し、最大限、丁寧な口調で答えた。

「申し訳ございません。公爵夫人。他ならぬあなたさまのご質問ですから、喜んでお答えしたいところですが、わたしの耳には何も届いていないのです。また仮に――あくまで仮にですが、何か見知っていたとしても、何と申しましても王宮に関わることでございますから。お答えは致しかねます」

最初からその答えを予想していたのだろう。

公爵夫人は気分を害することもなく、ただ、呆《あき》れたように笑って言ったものだ。

「あいかわらず、口が堅《かた》いこと。結構です。陛下のご婚礼には、わたしも夫ともども参列致しますから。その時、姫さまがお召しになっているのがあなたの衣裳であれば嬉《うれ》しいわ」

「ありがとうございます」

如才なく答えながらも、この頃にはフランクルは、自分はこの仕事から外されたのだろうと思っていた。

そうとでも考えなければ、この時期になって梨《なし》の礫《つぶて》はあり得ないからだ。

ところが、結婚式まであと一月と迫った瀬戸際《せとぎわ》になって、フランクルは女官長に呼び出されたのだ。

さすがに驚いた。

迎えの従者とともに慌《あわ》てて王宮に赴《おもむ》いた。正門をくぐり、本宮の荘厳《そうごん》な玄関をくぐる間も気が急《せ》いてならなかった。

何かの間違いではないかとまだ思っていたので、出迎えてくれた女官長に対して、挨拶もそこそこに言葉にしていた。

「まさか今この時になってご連絡をいただくとは、

思ってもおりませんでした。あのお話は立ち消えになったものとばかり……」

「とんでもないことです。姫さまはつい先程、城にお帰りになりました」

「先程？」

「そうです。お戻りになったばかりです。これからお式の流れや所作にご口上、諸外国のお使者へのお声かけなど、覚えていただかなくてはならないことが山ほどありますが、その前にあなたにお引き合わせしなくてはと思ったのです。こちらへ――」

女官長は本宮の一室にフランクルを案内した。

広い本宮には政治を行う政務部分の他にも、外国からの使者をもてなす客間や、従者が待機する控えの間がいくつもある。

舞踏会や式典を催《もよお》す大広間もあれば、大貴族専用の小さな待合室もある。

女官長がフランクルを案内したのは、政務部分にもっとも近い部屋の一つだった。

入ってみると、そこにはフランクルも顔を知っている式部長官がいた。

何やらくどくどと誰かに話しかけている。

「……そしてお式が近づいたなら、カラテアの神殿に籠《こ》もり、祈りを捧げる日々を送っていただきます。一度神殿に入られましたら、お式まで外出は控えていただかなくてはなりません。――姫さま、聞いていらっしゃいますか？」

「聞こえてる」

素っ気ない返事をしたのが他ならぬ『姫さま』ということになる。

この時、フランクルは初めて自国の王女を見た。見て、肝《きも》を潰《つぶ》した。

前代未聞の国王の養女が誕生したのが三年前。噂《うわさ》では、追放された国王を助けた功績によって、王女の地位を与えられたという。

市民たちの反応は様々だった。戸惑《とまど》いを見せる者、歓迎する者、中には憤慨《ふんがい》する者もいた。

　無理もない。国王が養女を取るというだけでも、あり得ない話だ。それを、戦で手柄をたてたからといって、そんな地位を得られるのであれば、王には次から次へと子どもができてしまう。

　フランクルはと言えば、陛下もずいぶんな無茶をなさると、単に呆れただけだった。

　それというのも、フランクルは戦とは無縁の世界で生きてきた男である。

　ドゥルーワ王の御代《みよ》には、デルフィニアは平和と繁栄《はんえい》を享受していたし、その後の魔の五年間で国が荒れている時も、彼の周囲にあったのは、美しい絹、豪奢な天鵞絨《ビロード》や繻子《しゅす》、金糸銀糸の刺繍、煌《きら》びやかなビーズやレース等の繊細《せんさい》な装飾品、何よりそれらを身につける優雅な女性たちだった。

　母国に突然、年頃の王女が誕生したと知った時も、彼がもっとも気にしたのは、果たして自分の出番があるか否《いな》かということだったのである。


王女は当時、十三歳。

貴族階級の娘なら着飾って当然の年頃だ。

ぜひとも注文を賜《たまわ》りたいと願っていたが、期待に反して、この三年、王女からの注文はなかった。

だからこそ、婚礼衣裳という大きな注文を受けたからには、この先の仕事につなげるためにも、並々ならぬ気合いを持って取りかかるつもりでいた。

　生まれがどんな素性《すじょう》だろうと、国王の娘として王宮に迎えられ、王女となった以上、フランクルは無意識に、彼の顧客たちのような女性の姿を王女に思い描いていたのである。

　ところが、不機嫌な顔を隠そうともせずに椅子にふんぞり返っているのは、まるっきり少年だった。

　それも上流階級に属するとはお世辞にも言えない、かなり薄汚れた少年である。

　頭にはぼろきれを巻き付け、革の胴着《どうぎ》もシャツも着古してよれよれだ。ズボンも長靴《ながぐつ》も同様で、相当汚れている。

どこから見ても作業着、もしくは労働着である。

フランクルは完全に面食らっていた。

市民階級ではあり得ないが、貴族階級には男装を好む女性がいるということは彼も知っている。

しかし、そういう女性たちは、上質の絹のブラウスに飾り紐や金ボタンをあしらった錦《にしき》模様の上着を身につけ、最高の仕立ての綾織《あやお》りのズボンを穿《は》いているはずだった。

カリンがフランクルを紹介した。

「姫さま。こちらは仕立職人のフランクル氏です。姫さまのご婚礼衣裳を担当してくださいます」

フランクルは慌てて挨拶した。

「お目にかかれまして、まことに光栄でございます、姫さま。この度はご結婚おめでとうございます」

ぶすっとした表情で王女は言った。

「ちっともめでたくない」

「…………」

聞き間違いかと思って、フランクルは続けた。

「恐れ多くもご衣裳を任せていただきましたことは身に余る光栄でございます。全身全霊を尽《つ》くして、お召し物の作成に当たらせていただきます」

「尽くさなくていい」

恐ろしいことに聞き間違いではないらしい。

声を奪われてしまったフランクルに、王女は面倒くさそうに言った。

「着る服なんか何でもいいだろう。わざわざつくる必要はない」

カリンが反論した。

「いいえ、姫さま、こればかりは何でもいいというわけには参りません。あなたはこの国の王妃殿下になるのですよ。ご婚礼の儀は王妃としての初姿《はつすがた》をこの国の人々に披露《ひろう》する晴れの舞台なのですから、あなたさまの身なりやお振る舞いによっては陛下の評判にも関わって参ります」

大きく足を組んだ王女は苦々しい顔で言った。

「だから、協力するって言ってるだろう。あいつの顔に泥《どろ》を塗るのはまずいことくらいわかってる」

という割には著《いちじる》しく『非協力的』な態度だが、女官長は強かった。毅然《きぜん》と言った。

「では、まずはお立ちくださいませ。そのままではフランクル氏が何もできません」

ため息を吐《つ》いて王女が立ち上がる。

ことの成り行きに度肝を抜かれていたフランクルだったが、自分の仕事は忘れなかった。

恐る恐る進み出た。

「……ご寸法を、頂戴致します」

近づいてみて、あらためて驚いた。

フランクルの知っている貴婦人たちは皆、白粉《おしろい》や紅の香り、艶《なま》めかしい香を纏《まと》っていた。

ところが、この王女から濃厚に漂《ただよ》ってくるものはといえば、顔をしかめるような土埃《つちぼこり》の匂いである。

長年の修練で、動揺《どうよう》も嫌悪も顔には出さなかったつもりだが、フランクルの戸惑いを察したのだろう。

女官長が弁解するように言ってきた。

「姫さまは先程、長旅から戻られたばかりなのです。申し訳ないことでした。お風呂《ふろ》に入っていただいた後でお呼びするべきでしたね」

「……とんでもないことでございます」

巻き尺を当てるのも躊躇《ためら》われたが、肩幅《かたはば》、袖丈《そでたけ》、身幅、胴回り、襟回りなどを採寸し、フランクルは恭《うやうや》しく言った。

「お召し物のお好みがあれば伺《うかが》います」

「動きやすければ何でもいい」

女官長の予想通りの答えである。

恐ろしくぶっきらぼうな口調と不機嫌そうな表情、何より『動きやすい』という、今までの仕事では聞いたこともない条件が気になったが、フランクルは恭しく頭を下げた。

「……鋭意、努力致します」

王宮から帰るフランクルの足取りは重かった。

職場である工房に戻った後も顔色は冴《さ》えなかった。

フランクルは熟練のお針子を何人も抱えているが、その中でも古株のベティがわくわくした様子で声をかけてくる。

「親方。姫さまにお会いなすったかね？」

「ああ。会ったよ……」

まるでこの世の終わりのような、どんよりとした彼の顔色を見て、おしゃべり好きの女たちも異常を察したらしい。

口をつぐみ、ひそひそと囁《ささや》きあった。

「……何だろう。様子が変だね？」

「姫さまに嫌われなすったかね？」

「勇ましいお人だって言うからねえ……」

おしゃべりをしながらも手は止めない。

せっせと、それぞれの仕事を続けている。

フランクルは作業場の奥にある自分の仕事部屋に入ると、あらためて盛大なため息を吐いた。

陛下は本気であんな娘を王妃に迎える気なのかと――とんでもないとさえ思った。


大仰《おおぎょう》な言い方をするなら、デルフィニアの行く末が心配になってきたくらいだ。

フランクルはそれほど愛国精神に満ちた人間ではなかったが、まがりなりにも生まれ育った母国だ。

あんな野蛮人《やばんじん》同然の娘にこの国でもっとも高貴な女性の地位と、女なら誰もが羨《うらや》む栄誉《えいよ》を――王妃の称号《しょうごう》を与えてやるのかと思うとやりきれなかった。

まさしく宝の持ち腐れである。

猫に小判、豚《ぶた》に真珠もいいところだ。

しかし――おかしなもので、盛大に嘆《なげ》くと同時に、ふつふつと闘志が湧いてきた。

今こそ自分の腕の見せどころではないか。

馬子《まご》にも衣裳という言葉がある。

人の印象は着るもの一つで大幅に違ってくる。

あんな野蛮人紛《まが》いの王女でも豪華《ごうか》な衣裳で飾れば、何とか見られるようになるかもしれない。

それこそが我が使命だとフランクルは思った。

自分の最高の仕事をもって、今のままではどこへ出しても自国の恥《はじ》にしかならないあの野蛮人の娘を、押しも押されもせぬ花嫁に仕立てあげてみせる。

「……よし！」

気合いを入れてフランクルは仕事に取りかかった。

何しろ時間がない。

式はもう一か月後に迫っているのだ。

まずは型紙づくり及び生地選びである。

彼の工房には、フランクルがこれまで蓄《たくわ》えてきた超一級品の生地が出番を待ってずらりと並んでいる。

これほど高価な生地を、いきなり裁断することはない。失敗したら取り返しがつかないからだ。

まずは安価な布地を使って、本番と同じ形の試作品を仕立てるのだ。いわゆる仮縫《かりぬ》いである。

大急ぎで王女用の型紙を切り、国王の分の衣裳と合わせて試作用の生地を裁断する。

お針子たちを動員して、翌々日にはできあがった試作品を持って王宮を訪れた。

業者用の入口へ向かい、取り次ぎの小者に来訪の理由と女官長に面会したい旨《むね》を告げる。

しばらく待っていると、小者が戻って来た。

「こちらへどうぞ」

後に従って本宮に入り、廊下の角を曲がった時、後ろから声をかけられた。

「お、仕立屋どのか？」

振り返って、フランクルは飛び上がった。

国王だった。慌てて平伏した。

「は、はい。姫さまの、仮縫いに伺いました」

「そうか。世話を掛けるな」

まったくです——とは言えない。

「俺もちょうど様子を見に行くところだったのだ。参ろう」

「は……」

相変わらず屈託《くったく》のない人である。

国王に従って、しずしずと通路を進みながらも、フランクルの心は千々《ちぢ》に乱れていた。

しかし、まがりなりにも主君に向かって、本当にあの方とご結婚なさるのですかと質問するわけにもいかない。訊きたいのは山々だったが、今の自分の仕事に関することを言った。

「陛下。あの、まことに恐れ入りますが、ご都合のよろしい時に仮縫いに伺いたいのですが……」

「お、そうか。俺の服もか」

歩きながら、国王は闊達《かったつ》に笑いかけてきた。

「実はな、礼服なら即位して以来、何着もつくっているのだから、あらたまって新調する必要はないと言ったのだがな。婚礼というのはやはり特別なものらしい。女官長に怒《おこ》られてしまった」

わたしでも怒ります……。

とは、やはり言えないので、曖昧《あいまい》に返事をする。

入口の近くは大勢の人が行き来する本宮も、奥へ進むうちに、次第に静かな雰囲気に変わる。

小者が足を止めたのは滅多に人が通らない一角《いっかく》の、両開きの扉の前だった。

立派な扉ではあるが、天井まで届くほどの大きさではない。そのことから中程度の広間とわかる。

扉の前で、小者は控えめに声をかけた。

「陛下がお越しです」

見ていたフランクルは少し不思議に思った。

この小者が案内してきた人物は『国王』である。

自ら扉を開けて、高らかに声をあげて国王を中に通すのが普通のやり方のはずだ。

それなのに、わざわざ声をかけて、内側から開けてもらうのを待っている。

それが少々、奇妙に映ったのだ。

扉のすぐ内側には召使いが控えているはずだが、この時は扉が開くまで少し時間がかかった。

両開きの扉を開けてくれたのは、中年の女官二人だった。

その背後に女官長が立っていた。

女官長の後ろには、もう一つ両開きの扉があって、そちらはまだ閉ざされていた。

こういう形式の部屋は本宮では珍しくない。眼の前にある狭い空間は召使いを待機させておくための控えの間なのだ。

女官長が二人の部下に視線で合図する。

二人とも一礼すると、背後の扉の奥に滑《すべ》り込《こ》むように姿を消し、女官長は、国王をここまで案内してきた小者に対して声をかけた。

「ご苦労でした」

小者も一礼して、廊下を戻っていく。

女官長自ら国王を部屋の中に案内するのかと思いきや、カリンは国王に向かって宣言したのである。

「陛下もお引き取りください」

フランクルは耳を疑った。

当の国王も不満そうに言った。

「なぜだ？　今日はあの娘が舞踊の練習に励んでいるのだろう。相手をせねばなるまいと思って来たのだが、いかんか？」

女官長は小さく嘆息した。

「……お顔が笑っておられます」

その非難めいた口調からすると、どうやら国王は楽しんでいるらしい。

練習相手を務めるというより、舞踊の練習をする王女をおもしろがって見物に来たような印象だが、女官長はそんな主君の思惑《おもわく》をばっさり切り捨てた。

「お相手には専門の教師を頼んであります。陛下がわざわざお出ましになるまでもございません」

「しかし、本番では俺と踊るわけだから……」

フランクルは思わず、ひやりとした。

女官長の表情が一気に厳《きび》しくなったからだ。

その貫禄《かんろく》に国王すら、ややたじろいだのがわかる。

主君さえ圧倒する気魄《きはく》を纏って、女官長は厳《おごそ》かに断言した。

「恐れながら陛下。今、姫さまの前にお顔を出されましたなら、そのお顔の無事は保証致しかねます」

国王は何とも言えない顔になった。

フランクルはもちろん声を失っていた。

女官長の話を聞いていると、王女が国王の顔面に

『何らかの攻撃を加える』と忠告しているようだが、そんなことは彼の常識ではあり得ない。

しかし、国王は明らかに顔色を変えている。

恐る恐る問いかけた。

「……そんなに怒っているのか？」

女官長はさらに厳しい口調で言ったのである。

「今のあの方のご機嫌に比べたら、雷鳴轟《らいめいとどろ》く大嵐のほうがまだしも『好《よ》い日和《ひより》』と言えましょう」

「…………」

フランクルは愕然《がくぜん》とした。

「…………」

国王も絶句している。

いつまでも国王が廊下に立っていては目立ってしまうので、女官長は二人に、控えの間に入るように促《うなが》した。

ただし、扉は閉めなかった。暗くなるからだ。

もちろん広間へ通じる扉も開けない。

その状態で、女官長は深いため息を吐いた。


「陛下もご承知のように、姫さまはご自分の発言に責任を持たれる方です。ですから、今さらご婚儀を取りやめにするとは言われないでしょうが……」

「それほどいやがっているのか……」

国王もさすがに驚き、傷ついた様子である。

カリンは首を振った。

「いいえ、ご婚礼に関しては納得しておられると、仕方がないと割り切っておいでだと、わたしは思っています。問題はむしろ、周りのほうなのです」

「周りとは？」

「……陛下に恥を申しあげることになりますが」

苦悩の前置きをして、女官長は続けた。

「姫さまがお戻りになってから、女官の中でも特に物慣れた――つまりはしっかりした者たちばかりをお世話係につけたのですが、その者たちが失言を重ねたのです。いえ、本人たちはそれを失言とは思っておりません。わたしも、あの者たちに非はないと思っております。従ってあの者たちを責めるわけにもいかないのですが……」

「何を言ったのだ？」

「他愛もない、王室の慶事に遭遇《そうぐう》した女官たちなら、誰もが言うような祝辞です。ただ……」

「ただ？」

女官長は何とも複雑な顔だった。

「姫さまは王族でもなければ貴族のご出身でもない。その方が王妃となるのですから、俗な言葉を使えば、たいへんな玉《たま》の輿《こし》です。そのこともあって、女官たちは姫さまがいかに恵まれているか、お幸せであるか、特別な優れた方でいらっしゃるかを——あくまで賞賛のつもりで延々《えんえん》と話したのです」

まったくこんな場合の女たちの常套句《じょうとうく》だ。

「おめでとうございます、姫さま」

「なんと素晴《すば》らしいことでしょう」

「これ以上に晴れがましい栄誉はございません」

「姫さまはこの大陸でもっともお幸せな方でございます」

普通なら言われたほうも悪い気はしないはずだが、王女の機嫌は言われるたびに降下したという。

「——中でも最悪だったのが『今日までの姫さまは仮のお姿だったのですね。こうして陛下に愛され、晴れて王妃殿下となることが姫さまの宿命であったのですね』『王妃殿下にお仕えすることができて、わたしどもは本当に果報者です』というものです」

国王は何とも言えない顔になっていた。

冷や汗すら浮かべながら唸《うな》るように言った。

「女人《にょにん》の勇気というものは、男とは種類が違うのか。俺には口が裂《さ》けても言えんぞ……」

女官長も苦りきった顔である。

「勇気ではありません。無謀《むぼう》です」

「だろうな。あの娘がそんなことを決めつけられて、気分を害さぬわけがない」

「はい。姫さまは女たちに手を上げたりするような方ではありませんが、あの者たちが何か言うたびに、姫さまの額に青筋が浮かびますので……」

「…………」

「…………」

国王は、ごくりと唾を飲み込んだ。

フランクルは、ぐるぐる眼が回ってきた。

女官長のため息は途切れる気配もない。

「今やあの方と視線が合うだけで、女官たちは震えあがっております。何とかご機嫌を取ろうとして、ますます……」

国王も深く嘆息した。

「墓穴を掘るわけだな……」

「はい。女官たちは自分の言動の何がいけないのかわかっておりません。わからなくて当然ですが……放置するわけにも参りません。最後の手段として、必要以上に姫さまに話しかけることを禁じました。

――今の姫さまと普通に会話することができるのはシェラだけです」

「……ほう。あれは役に立っているか？」

「ええ。それはもう。あの娘がいてくれるおかげで、何とかなっているようなものです」

女官長の表情が初めて少し緩《ゆる》んだように見えたが、すぐに引き締めて、主君に向き直った。

「そのようなわけでございますので、状況はご理解くださいましたでしょうか。わたしとしましても、わたしとシェラのこれまでの必死の努力を粉微塵《こなみじん》にされたくはありません」

国王は素直に両手を上げた。

「わかった。俺は退散する。――仕立屋どの。後で執務室《しつむしつ》に寄ってくれ。俺の仮縫いも必要だろう」

そう言い置いて、国王は廊下に出て行った。

フランクルには何が何だかわからなかった。

先程から『仕方がない』だの『割り切っている』だの『雷鳴轟く大嵐』だの慶事にはふさわしくない言葉が次々飛び出している。

これではまるで王女は結婚を喜んでいないように聞こえるが、そんなことは、それこそ彼の常識ではあり得ない。

生まれも定かではない野蛮人の娘が一国の、この大国デルフィニアの王妃に迎えられようというのである。

女官たちの言うとおり、特別な女性にしか起こりえない幸運であり、至上の栄誉ではないか。

女官長はフランクルにも厳重《げんじゅう》に注意してきた。

「フランクルどの。お話ししたような事情ですので、あなたも気をつけてください。くれぐれも姫さまに祝辞などはおっしゃらぬようにお願いします」

フランクルは驚きのあまり、まだあんぐりと口を開けたままだったが、慌てて口を閉ざして頷《うなず》いた。

「……かしこまりました」

「もう一つ。『お美しい』というのも禁句です」

それは心配ないと思いながら、再度頷いた。

「……かしこまりました」

仕事柄、フランクルはどんな容貌《ようぼう》の女性だろうと、心から賛美してきた。

決して口先だけの追従《ついしょう》ではない。相手の欠点を見るのではなく、長所を見いだす術《すべ》をフランクルは身につけていたのである。

丹精《たんせい》込めて仕立てた衣裳を着てくれる女性なら、なおさらだ。どんな女性でも素晴らしく見える。

希《まれ》に、褒《ほ》めるところを見つけるのに非常な努力を要するご婦人もいるが、ありがたいことに、あの王女なら、お世辞を言わずに黙っていることはさほど難《むずか》しくない。

女官長が奥の扉を開いて、フランクルはようやく、室内に入った。

予想通り、中くらいの大きさの広間だった。

目立つものと言えば、大きな姿見くらいである。

こちらに鏡の裏が向けられているので、その前に立っている王女の姿はフランクルには見えなかった。

先程の女官二人と、もう一人、十代の若い女官が姿見の周りで忙しく動いているのが見える。

鏡の向こうから王女の声がした。

「服を着るのにいちいち縫いつけるのか？」

若い女官が言う。

「仕方がありません。いつもお召しになっている服とはわけが違うんです」

「何でだ。おまえの服は着るたびに縫ったりしないじゃないか」

「当たり前ですよ。女官服を一人で着られなかったら仕事になりません」

「じゃあ、結婚式のおれの服も女官服仕様でいい」

「……よくありません！」

果敢《かかん》に言い返す若い女官が――この若さならまだ官吏ではなく恐らく王女の侍女《じじょ》だろう――ほとほと困り果てた、救いを求める眼を女官長に向けてくる。

色白で銀色の髪の、きれいな娘だった。

鏡の向こうから派手な舌打《したう》ちが聞こえた。

「……ったく、面倒くさい」

フランクルは暗澹《あんたん》とした思いに駆られた。

上流階級の女性が舌打ちなどするものではない。

そもそも舌打ちのやり方さえ知らないという女性がほとんどだ。彼女たちの生まれ育った環境では舌打ちする者がいない。聞いたこともない。必然的に舌の鳴らし方を覚えるはずもない。

それなのに、この王女の言動はまるっきり無頼の男そのものだ。

いったい陛下は何をお考えなのかと、またしても、思考がそこに戻ってしまう。

王族の結婚は往々にして政治的な要素が濃厚だ。時にはどんなにひどい相手でも、涙を呑《の》んで結婚しなくてはならない場合もある。

だが、今回、政治は無関係だ。

この王女の背後にはどんな国家も条約もない。

国王は真実、この王女に愛情を抱《いだ》いて結婚するということになるが、悪趣味にも程がある。

確かに、男女の情愛というものは第三者には理解しがたいものがある。それはわかっている。

フランクルが知っているだけでも、あの立派な男がなんであんな悪妻を――と皆が気の毒がる夫婦は何組もいる。

それでも、本人がその悪妻に満足しているのなら、他人がとやかく言う筋合いではない。

わかってはいるが、自国の王が世間に哀《あわ》れまれるような結婚をするのかと思うと気が重かった。

婚礼衣裳を担当する自分も、国王の『気の毒な結婚』に進んで協力しているようで、いたたまれない。

悶々《もんもん》としていたフランクルだったが、姿見の後ろから現れたドレス姿の人を見て、ぽかんとなった。

心臓《しんぞう》がどくんと跳ねた。

それはたちまち激《はげ》しい血流となってフランクルの全身を駆《か》け巡《めぐ》ったのである。

いったいどういうことかと思った。

たった今、聞こえた声は紛《まぎ》れもなく王女のものだ。

ところが、現れたのは王女ではない人だったのだ。

彼はほとんど生まれて初めて『自分の眼を疑う』という事態に陥《おちい》っていた。

その人は小花をちりばめた鮮やかな赤の衣裳を着ていた。

女性の衣裳に真っ先に眼がいくのはフランクルの習性だが、彼は極めて珍しく、衣裳よりもその人の顔に視線を奪われていた。

他のものは何も眼に入らなかったのだ。

ペンタスの花と謳われる当代一流の歌姫を、彼は何人も知っているが、これほど美しい人は過去にも現在にも一人も見た覚えはない。

身体が震えるほどの圧倒的な美貌だった。

この世のものとは到底、思われなかった。

まさに天上界の美しさである。

なめらかな光沢の肌、花の唇《くちびる》。黄金に輝く髪。

何より、宝石を塡《は》め込《こ》んだように煌めく深い翠《すい》緑玉《りょくぎょく》の瞳《ひとみ》に、フランクルは魂《たましい》まで魅入られていた。

まさに生身の女神が降臨したようで、眼の至福《しふく》に感じ入る。

棒立ちになって動けないフランクルに代わって、女官長がその女神に話しかけた。

「姫さま。フランクル氏が見えたので、仮縫いをお願いします」

美の女神は露骨に顔をしかめた。

「また脱ぐのか。踊りの練習をするって言うから、たった今、苦労して着たところじゃないか」

「わかっていますが、仮縫いが先です」

盛大な舌打ちを洩らして、その人は衣裳の胸元を開こうとしたが、侍女が控えめに言った。

「それはシャーミアンさまからお借りした衣裳です。破いたりなさいませんように……」

また舌打ちして、その人は言った。

「さっさと脱がせろ」

フランクルは度肝を抜かれていた。

この話し言葉は間違いなく先日の薄汚れた王女だ。しかし、彼の眼に映るのは別人の女神である。

おかしい。これは何の間違いかと、彼の意識は必死に訴えている。

(自分はよもや、眼を開けながら夢を見ているのか……？)

そんなことまで真剣に疑った。

王女の前でなかったら、自分の頬《ほお》をつねっていただろう。

フランクルは貴族社会でも立派に通用する抜群の会話術を誇っているが、この時ばかりは自分が何をしゃべったのか、どうやってその場をしのいだのか、まるで覚えていない。

ただ、機械的に進み出て、機械的な口上を述べ、王女の美しさに圧倒されながらも、いつものように身体が動いて、試作品を着せつけていたのだ。

女官たちにも手を借りて、細かいところを修正し始めると、美の女神はまたしても顔をしかめた。

「きっつい！　何だこれ、ろくに動けないぞ！」

跪《ひざまず》いて裾《すそ》を直していたフランクルを見下ろして、その人は疑問の口調で言った。

「おまえ、服をつくるの下手《へた》なのか？」

「…………」

咄嗟に言葉を返せなかった。外の北風にも劣らない冷風がフランクルの心中《しんちゅう》を吹き抜けたからだ。

コーラル一の仕立職人であるこの自分が！

こともあろうに「服づくりが下手か？」と問われるとは！

硬直したフランクルの心境を女官長が代弁してくれた。

「姫さま。あまり失礼なことを言われませぬよう。フランクル氏はコーラルでも指折りの職人です」

「じゃあ、なんだって、こんなに動けないいんだ」

「動く必要がないからですよ。ご婚礼衣裳とはそういうものです。腕を上げ下げしたり身体を捻ったりするような衣服ではありません。立ち姿をもっとも美しく見せるものです」

「冗談じゃない。これじゃあ鎧《よろい》も同然だぞ」

王女は苦しげに腕を動かし、胸元を引っ張って、再びフランクルに言った。

「なあ、どうせなら、男の上着みたいにつくれないか。着るたびに縫い合わせるんじゃなくて、自分で着られる服がいい」

これには若い侍女も驚いた。

「姫さま。それは……」

女官長も困ったように訴えた。

「あまり無理をおっしゃらないでくださいませ」

「何で無理なんだ？　コーラルでも指折りの職人なんだろう。――それとも、できないのか？」

不思議そうに言われて、フランクルの闘志に火がついた。

「……そのようなご衣裳は、試《こころ》みたことはございませんが、それが姫さまのご希望でしたら……」

「最初からそう言ってる。動きやすい服がいい」

「……かしこまりました。なるべくお心に添うように致すでありましょう」

「頼む。おれは服なんて何でもいいんだ」

あいにく、フランクルはちっともよくない。

細部の調整を済ませ、その人が乱暴に脱ぎ捨てた試作品を抱えると、フランクルは頭を下げて広間を後にした。

その際、女官長が控えの間まで見送ってくれた。

挨拶したフランクルは興奮を抑えきれない口調で囁いた。

「……驚きました。心臓が止まるかと思いました。あれほどお美しい方を見たことはございません」

「わたしもですよ」

女官長は誇らしげに頷いた。

「市民たちの間ではいろいろ取り沙汰されているようですが、それも婚礼の儀までです。姫さまのお姿を一目でも見れば、誰もが納得するはずです。そのためにも、あなたの手腕に期待していますよ」

緊張《きんちょう》の面持《おもも》ちでフランクルは頷き、熱心に言った。

「あれほどお美しい方ならば、陛下が望まれるのも当然です。妃殿下となった姫さまが公式の場に出席されたなら、諸外国《しょがいこく》の皆さまも、国内貴族の方々も、どれほど驚かれることか。美しい王妃は大いに陛下の誇りとなってくださることでしょう」

高貴な女性——それも既婚女性のもっとも重要な仕事は美麗に装って夫の心を我がものとすること、さらには社交界で夫に、「俺はこんなに美しい妻を持っているのだ」と大いに得意に思わせ、皆に自慢《じまん》させることにある。

妻が粗末では夫の沽券《こけん》に関わるのだ。

フランクルは心から王女を賛美したつもりだったが、女官長はなぜか哀れむように微笑した。

「いずれ、あなたにもおわかりになると思います」

廊下を歩き出しても、フランクルはまだ陶然《とうぜん》としていた。

耳が聞き取った話し言葉と、眼で見た姿の印象があまりにもちぐはぐで、頭の中で処理しきれない。茫然自失《ぼうぜんじしつ》のまま帰りそうになってしまい、慌てて国王の執務室に立ち寄った。

国王は大勢の侍従に囲まれて、忙しそうに書類の山の相手をしていたが、フランクルのために時間を割いてくれた。

試作品を着てもらうと、女官長から事前に聞いていた通り、寸法に問題はない。

王女と同じように細かいところを修正していると、大柄な男性が二人、執務室に入ってきた。

一人は国王の従弟《いとこ》のサヴォア公爵ノラ・バルロ。

フランクルも何度か仕事を頼まれたことがある。

もう一人はラモナ騎士団長ナシアスだった。

質素を旨とする騎士団の長なので、フランクルは注文を受けたことはないが、顔は見知っている。

国王が嬉しそうに言った。

「おお、お帰りだな。従弟《いとこ》どの」

サヴォア公爵は皮肉な口調で国王に話しかけた。

「王女がやっと戻ったと聞いて、ほっとしましたよ。舞踊の練習中と聞きましたが、従兄上《あにうえ》は行かなくてよろしいのですか？」

「それがなあ。相手をしてやりたいのは山々だが、俺が顔を出すと、あれの逆鱗《げきりん》に触れそうなのでな」

「何を情けないことを。あの方はもうじきあなたの妻になる方なんですぞ」

サヴォア公爵は何やらお冠《かんむり》の様子である。

「俺が代わりに様子を見てきましょうか」

「従弟《いとこ》どのに忠告するが、やめておいたほうがいい。間違いなく女官長に追い払われるぞ」

公爵は盛大な舌打ちを洩らしたが、女官長を正面突破する暴挙に出るつもりはないらしい。

不本意ではあるが、仕方がないといったところだ。

ラモナ騎士団長がなだめるように割って入った。

「姫さまのご婚礼衣裳は用意できたのですか？」

「おお。この者が先程、仮縫いを済ませたそうだ」

フランクルは二人に向かって恭しく頭を下げた。

サヴォア公爵がまだ幾分、皮肉な口調で言う。

「あの王女は知っての通り女とは言えない代物《しろもの》だが、ありがたいことに見てくれだけは鑑賞《かんしょう》に堪《た》えうるからな。おまえの手腕に期待しているぞ」

奇《く》しくも女官長と同じ言葉だった。

「……恐れ入りましてございます」

フランクルはあらためて責任の重さを噛《か》みしめ、平身低頭した。


国王に挨拶して執務室を出たバルロとナシアスはそのまま外の庭に向かった。

別段、示し合わせてしたことではない。

二人とも、何となく足がそちらに向いたのだが、ちょうどいい機会だった。

冬枯れの庭に人の気配はない。

話をするにはうってつけで、ナシアスは興味深げに友人に話しかけた。

「おまえが反対しないのは意外だったな」

「反対とは、何にだ？」

「無論、陛下と姫さまのご婚儀にだ」

「今さらか？　話が調《ととの》ったのは半年も前だぞ」

そう、この半年、ナシアスはずっと疑問だった。

努《つと》めて平坦な口調で訊いた。

「では、賛成なのか？」

バルロはちょっと面白そうに笑った。

「さて、どうかな。そうはっきりとは言い切れん」

「………」

「三年前と同じだな。できればあんな王妃は遠慮したいが、目くじらを立てて反対するほどでもない。そんなところだ」

「反対する正当な理由があるだろう」

この間際になるまで友人の真意を確認する機会がなかったナシアスは、思い切って尋ねてみた。

「……本当にいいのか？　あの方には……世継《よつ》ぎはほとんど期待できないぞ」

王妃というものは、通常、王子を産むのがもっとも重要な仕事である。

しかし、あのグリンダ王女が国王の子を産んでくれるとは、ナシアスにはとても思えなかったのだ。

バルロは片方の眉をわざとらしく吊《つ》り上《あ》げると、

呆れたように指摘してきた。

「ナシアス、おまえにしては珍しく、恐ろしく考えが甘《あま》いな。ほとんどではない。絶対にだ」

思わず吹き出しそうになったが、笑い事ではない。

「だから、本当にそれでいいのかと訊いているのだ。陛下の血が絶えることになってしまうが……」

「そういうおまえはどうなのだ？」

ナシアスはじっくり考えて、慎重《しんちょう》に言った。

「……陛下がお決めになったことだ。わたしはそのお考えに従うつもりでいる」

「俺もだ」

バルロは即座に頷いた。

「従兄上《あにうえ》は王冠には縁遠い育ちをされた方だ。そのせいか、玉座にも執着はお持ちではない」

「ああ」

支配者としては極めて珍しい性質である。

バルロはそれをおもしろがっている様子だった。

「従兄上《あにうえ》はな、俺にも面と向かってこう言われた。王冠など誰が被《かぶ》っても同じことだとな。死んだ親父どのや伯父《おじ》陛下が聞いたらひっくり返るだろうが、本心から言われているのは間違いない。そこが従兄上《あにうえ》の好ましいところでもあるが、俺にとっては誰が被っても同じなどでは決してない」

バルロは友人を振り返って、にやりと笑った。

「従兄上《あにうえ》以外の王に膝《ひざ》を折る気はないからな」

「……陛下のお子であってもか？」

「ああ。今のところ、そんな気持ちにはなれんな。俺の主君は従兄上《あにうえ》お一人だけだ」

どこか清々《すがすが》しい口調だった。

「そうか……」

友人の潔《いさぎよ》さにナシアスも微笑した。

だが、ナシアスの思惑は少し違う。

国王に王子が誕生しなくても、

（……最悪の場合、バルロがいる）

とナシアスは思っている。

もっとも、こんなことは友人には言えなかった。

代わりに、茶化すように言った。

「そうだな。おまえの言うように、陛下は型破りなお方だ。あの方の奥方には天から降りてきた戦女神くらいでちょうどいいかもしれないな」

バルロは楽しげな笑い声をあげた。

「そうとも。あの王女はすっかり王宮に馴染《なじ》んで、我が物顔で闊歩している。王妃となっても変わらんだろうよ」


フランクルは顔面蒼白《がんめんそうはく》になって城を出た。

その青ざめた顔色の意味は前回とは大幅に違う。

サヴォア公爵は、見た目だけは鑑賞に堪えうると言ったが、堪えうるどころではない。

いくら長旅の後で土と埃に汚れていたとはいえ、あの麗質《れいしつ》に自分が気づかなかったとは！

我ながら何たる迂闊《うかつ》、いったいどこに目をつけていたのかと、間抜けにも程があると、忸怩《じくじ》たる思いだった。


それ以上に深刻な問題があった。

フランクルが婚礼衣裳用にと考えていた生地は、金襴織《きんらんお》りの赤地に金糸銀糸の刺繍が埋《う》め尽《つ》くされた豪奢なものである。

布地の部分は刺繍に埋もれてほとんど見えない。

その分厚い生地の上にさらに盛り上げ刺繍の技法を用いて、幾何学模様と大ぶりの花々を描いてある。

これでもかと言わんばかりの豪華な生地だ。

もちろんペンタスの職人が一年がかりで仕上げた最高級の逸品《いっぴん》である。

この生地でフランクルが仕立てた衣裳を着せれば、どんな田舎娘でも一国の王妃として恥《は》ずかしくない気品と風格を持たせることができるはずだった。

今もその信念に変わりはない。

だが、フランクルは苦悩のあまり激しく首を振り、頭をかきむしった。

「だめだ、だめだ！　だめだ！　とんでもない！　あの方にこんなものを着せられるか！」

元がみすぼらしい娘なら、何も問題はないのだ。衣裳の力を借りて最高の美女に仕立てられる。

実際先日見た時はどこにでもいるような、ただの薄汚れた雀《すずめ》だと思った。

だから、とっておきの美麗な羽を用意したのに、とんでもなかった。

あの桁外《けたはず》れの美貌――そこにいるだけで人の眼を釘づけにする存在感は白鳥と言ってもまだ足らない。孔雀《くじゃく》、それも全身光り輝く金色《こんじき》の羽の孔雀だ。

その羽の上に翡翠《かわせみ》や極楽鳥の羽をべたべた張りつけたりしたらどうなるか。

元の孔雀の金色《きんいろ》を引き立てるどころではない。恐ろしく滑稽《こっけい》になってしまう。

冷や汗をかきながら、フランクルは険しい表情でじっくり考えた。

彼が詩人ならあの王女を最大限に讃《たた》える詩を読んだだろう。

彼が絵描きなら、及ばずながらも王女の美しさを描こうとしただろう。

しかし、フランクルは仕立職人である。

できるのは服をつくることだけだ。

何でもいいと言いながら、王女はかなり具体的に、風変わりな注文を寄越してくれた。

（男物の上着のような、自分で着脱のできる服）

婦人服ではあり得ない、一度も受けたことのない難解な注文だが、かくなる上は何としても、王女の希望を叶えた上、あの桁外れの美貌を最大限に引き立てる衣裳をつくらなくてはならなかった。

フランクルは果敢に意識を切り替えた。

そうだ、引き立てるだけでいい。

つまらない雀だと思っていたから、衣裳が主役になるように計らうつもりだった。

人の視線を衣裳に引きつけることで、貧相な雀を雉《きじ》程度の印象に引き上げようとしたのだ。

もうそんな必要はない。

本人があれほど眩《まばゆ》い光を放っているのだから。

衣裳はあくまで主役を支える脇役でいい。

「……よし！」

気合いも新たに、生地の選別にかかった。


その頃、当の王女は本宮の浴室にいた。

ぶつぶつ言いながら香油風呂に入っている。

「またお風呂……。いい加減、皮膚《ひふ》がふやけるぞ」

「大丈夫です。ふやけていません」

「だいたい、この匂いはなんだ。鼻が曲がるぞ」

「大丈夫です。曲がっていません」

「おれの気分の問題だ！」

「今しばらく、ご辛抱《しんぼう》を……」

浴室には王女とシェラ、二人きりだった。

それも当然で、こんな悪口雑言の姫君のお世話は、普通の女官には到底できない。

口さえ開かなければ申し分のない美姫なのにと、女官たちは恐れながらも哀れんでいる様子である。

そんな女官が一人、遠慮がちに浴室に入ってきて、小さな洗面器のような器《うつわ》をシェラに手渡した。

中身を見た王女の顔がたちまち険《けわ》しくなる。

「おい！　それ……」

器に入っていたのは溶いた卵だった。

これを髪に塗ると光沢が出るというので、高貴な女性には馴染みの美容法である。

器を渡した女官は一礼して、下がっていったが、王女に見えないように、そっとため息を吐いた。

仮にも王妃になる女性が『おい！』などと、口にしていい言葉ではない。

シェラはこの人の口の悪さには慣れているので、まったく意に介さず、器の中身をかき混ぜながら、王女に見せた。

「今回は蜂蜜《はちみつ》も混ぜてみました」

「なお悪い！」

「……リィ」

二人きりなので名前を呼んだが、声を低めるのは忘れない。

自分は侍女で、相手は王女である。

呼び捨てにするのを聞かれたりしたら、たいへんなことになるからだ。

「以前は譲りましたが、今回はだめです。あなたは『花嫁』になるんです。ただの花嫁ではありません。この国の王妃になるんですよ」

「そりゃあそうだろう。あいつが国王なんだから」

「………」

「国王の配偶者は王妃に決まってる。——おれは王妃さまなんて呼ばれるのはまっぴらだけどな」

この人は自分の立場をわかっているのだろうかと、シェラは心配になってきた。

「まっぴらと言われましても、ご婚儀をあげたら、あなたはいやでも妃殿下と呼ばれますよ」

「それは仕方がない。自分で決めたことだからな。名前だけの結婚だと思って諦《あきら》めるさ」

香油風呂に浸《つ》かりながら、王女は浴槽《よくそう》の縁《ふち》に肘《ひじ》を掛けて、皮肉に笑った。

「三年前、あいつに請われて、名ばかりの王女さまなんかになった時もそうだった。王女っていう嘘の肩書きが今度は王妃になるだけだ」

簡単に言ってくれるが、その肩書きが大問題なのではないかと、シェラはまた心配になった。

が、今は自分の仕事をするのが先決だ。

「名前だけの王妃でも、侍女としては主人を最高の見栄えに仕上げるのが務めなんです。——お頭《つむり》を、こちらへお願いします」

「うげぇ……」

いやそうに顔をしかめながらも、王女は素直に、浴槽の縁にのけぞる形で頭を出して寄越した。

シェラは浴槽のすぐ側《そば》の腰掛けに座って、王女の金色の髪を卵白と蜂蜜の溶液に浸《ひた》し、頭皮にもすり込んでやったので「ぎゃっ！」と悲鳴があがる。

「気持ち悪い！　ぬるぬるする！」

「当たり前ですよ。卵と蜂蜜です」

「だから頭に塗るものじゃないって言ってる！」

「後ですすぎますから、我慢してください！」

ため息を抑えながら、懸命《けんめい》に王女をなだめつつ、シェラは溶いた卵を見事な黄金の髪に馴染ませた。

見下ろせば、よほど不快なのか王女は眼を閉じて、大きく顔をしかめている。

のけぞった首筋が、すぐそこに見える。

シェラの手の中には、形のいい王女の頭がある。うなじにも難なく指を這《は》わせることができる。

「リィ……」

優しい声でシェラは言った。

「申し訳ありません。下向きになってくれませんか。頭の後ろにも塗りたいので」

「げえ……」

また蛙《かえる》さながらの声を発して王女は素直に姿勢を変えると、うつむいて頭を差し出した。

長い金髪をかき上げるようにして容器の中に落としてやれば、白いうなじが眼の前だ。

シェラの本業は刺客《しかく》だ。刃物を使わなくても人を殺すことができる。

今も袖の中にそれ用の針を仕込んである。

うなじの急所を針で貫《つらぬ》けば、人はあっけなく死ぬ。血もほとんど滲《にじ》まない。

長い髪の毛で隠してしまえば、針で穿《うが》った小さな傷跡など、誰も気づかない。

下を向いたままの王女が言った。

「物騒なことは考えるなよ」

半年前のシェラなら飛び上がっていただろうが、今は違う。

それでも心臓がどきりと大きく跳ねた。

一瞬だが、手が止まってしまった。

「……わかりますか？」

「これだけ近くにいればな。——やるなよ？」

うつむきの王女は寸鉄も帯びていない。無防備な全裸《ぜんら》だが、口調は笑っている。

「しません。仮に仕掛けたところで……」

シェラは素直に言った。

「あなたには通用しないでしょう」

「わかってるならいい」

自分の命を狙っていた刺客と知りながら、王女はシェラを側に置き、身の回りの世話をさせている。

少し前のシェラなら、屈辱《くつじょく》だと腹を立てていただろうが、今は不思議と穏やかな気分だった。

再び先程の侍女が戻ってきた。

熱い湯に浸して絞った布を手渡してくれる。

それで金色の髪を包み、しばらく時間を置く。

その間に今度は王女の手を取って、爪《つめ》を磨《みが》いた。

「王妃に仕えるのは、わたしも初めてです」

「いやなら他へ行ってもいいんだぞ？」

シェラは困った顔になった。

「わたしは、お暇を出されない限り、あなたの側で働かせてもらいたいと思っておりますけど……」

「けど？」

「……よそへ行ったほうがよろしいですか？」

遠慮がちに尋ねると、王女は呆れたらしい。

空《あ》いた片手でぱしゃんと風呂の湯を叩いた。

「なんでそうなる？　おまえを手放す気はないぞ。料理も美味《うま》いし、おれの足にもついてこられるし、カリンにも抜群に覚えがいい。そんな侍女は他にいないからな」

この半年、シェラは王女の道中に同行していた。

そのことを言っているのだろうが、シェラにしてみれば、『つきあった』わけではない。

『置き去りにされないように必死だった』と表現するのが正しい。

この人の化け物じみた体力は承知しているつもりだったが、とても若い娘の脚力ではなかった。

この人が本気で足を使っていたら、とてもついていけなかっただろう。

側付きの侍女としては忸怩たる事態である。

自分もまだまだ未熟であると、あらためて鍛《きた》え直さなくてはと、シェラは本気で思っていた。

そんな心を知っているのか、それとも気づいていないのか、王女は楽しげに笑っていた。

「毒をくらわば皿までだ。神殿のおこもりにもつきあえよ」

「わたしはあなたの侍女です。あなたの行くところであれば、どこでもついていきますすよ」

その神殿でも一悶着起きてしまうのだが、それはまた別の話だ。

そして、結婚式当日を迎えたのである。


大聖堂の前は市民たちで埋め尽くされていた。

その中にはもちろんフランクルもいた。

彼は大聖堂には入れなかったが、入口のすぐ側に陣取って、王妃の到着を待っていた。

お針子のベティたちも少し離れたところに見物に来ている。皆、興奮を抑えかねて、わくわくした顔をしている。

彼女たちは、自分の仕上げた衣裳を人が着ているところを、実際に見たことはない。

高貴な女性とはそもそも住む世界が違うからだ。

しかし、今日は例外である。

初めて自分の手がけた仕事を間近で見られる。

「変わった衣裳だったよねえ……」

「まったく、あんなのは初めてだよ。どんなお姿になるのかねえ」

フランクルの描いた図面を見て、彼女たちは仰天したのだ。

「親方、間違ってるよ！」

「これじゃあ男の人の服じゃないか！」

悲鳴をあげるのも無理はない。どう間違っても、婚礼衣裳には見えない意匠《デザイン》だからだ。お針子たちの指摘にフランクルは重々しく首を振った。

「姫さまのご希望なんだ」

「これにスカートをくっつけるのかい？」

「たまげたねえ……」

動転しながら作業を進め、衣裳を完成させた。

もう一着、同じく彼女たちが手がけた衣裳を着た国王は先程、到着し、既に大聖堂に入っている。

漆黒《しっこく》の生地の胸に大きな黄金の獅子《しし》の紋章を縫い取った衣裳を着た国王は、素晴らしく見栄えが良く、堂々たる風格だった。

ベティたちは大喜びで叫んでいたが、国王はその声をかき消してしまうほどの市民たちの大歓声を浴びていた。

残るは花嫁である。

フランクルは他の誰より緊張していた。

あまりやわらかい生地を使ったのでは上着の形になってくれない。思案の末、張りのある、最上質の純白の生地を選んでみた。

王女の要望どおり、男性の上着のように留《と》め具《ぐ》で脱ぎ着できるようにしつらえた。

婚礼衣裳としてはかなり変わった意匠《デザイン》になったが、品位は損なっていない。損なっていないどころか、ベティたち一流のお針子が精魂込めた刺繡を施《ほどこ》し、留め具に贅沢《ぜいたく》に真珠をあしらったので、衣裳自体が宝物のように光を放っている。

王女が神殿へ出発する間際に衣裳は完成した。

試着した王女はその豪華な衣裳を完全に従えて、輝くばかりに美しかった。

フランクルは大いに安堵《あんど》したが、自分だけがこの仕事に満足しても意味がない。

ざわついていた観衆がいっせいに声をあげた。

「来た！」

「王宮の馬車だ！」

わあっと歓声をあげた観衆の前に、軽快に馬車が走ってきて止まる。

扉が開いて、中から静かに花嫁が降りてきた。

沸《わ》き立っていた観衆が衝撃《しょうげき》と驚きに息を呑んだ。先程までの喧噪《けんそう》が嘘《うそ》のように、水を打ったように、しんと静まり返っている。

見ていたフランクルは涙が出るかと思った。

最初に会った時の汚れた面影はかけらもない。

陽光に照らされてきらきら光る衣裳は、我ながら最高の出来映えだった。

その衣裳を完璧に着こなしている王妃の桁外れの美しさ、匂うような美貌と気品に市民たちも度肝を抜かれてしまい、ひたすら呆気《あっけ》にとられている。

心の中でフランクルは快哉を叫んだ。

自分は間違ってはいなかった。大成功だ。強く拳《こぶし》を握りしめる。

花嫁は帽子から長く垂れたベールを揺《ゆ》らし、少しうつむきがちに、しずしずと大聖堂に入っていく。

その姿を見送った後、ようやく市民たちの硬直も解けたが、今度はひそひそ声で、夢中で囁きあった。

「嘘だろ……?」

「あれが……あれが姫さま……?」

ベティたちはもう大興奮だ。

「なんて、なんてまあ、お美しい……!」

「夢でも見ているのかと思ったよ……!」

「ああもう、女神さまが現れたのかと思った」

「あれは本当に生身のお方かね……?」

警備に当たる兵士たちが『静かに!』と合図しなかったら、たいへんな騒ぎになっていただろう。

もうじき、夫婦となった国王と王妃が大聖堂から出てくるはずだ。

市民たちは今か今かとその時を待っていた。

ところがだ。そこへ場違いな馬蹄《ばてい》の響きとともに、ものすごい勢いで馬が駆けつけて来たのである。

騎手は全身を血と土埃で汚している。

警備兵に止める隙《すき》も与えない。激戦《げきせん》を乗り越えてきたと一目でわかるその騎士は足音も荒く大聖堂に駆け込んだ。

「——申しあげますう!」

そんな絶叫が外まで聞こえてくる。

「……何だ?」

「……どうしたんだろう?」

フランクルは大聖堂入り口のすぐ側にいたから、聞き耳を立てたが、騎士の報告までは聞こえない。

すると、今度は王宮の馬車が慌ただしく到着した。

転がるように出てきたのは式部長官である。

先の騎士と同じく大聖堂に駆け込んだ。

市民たちには何が起きているのかわからない。

はらはらしながらも待っていると、国王と王女が揃《そろ》って大聖堂から姿を見せたのである。

市民たちは再度の歓声をあげようとしてちょっと面食らい、フランクルは花嫁の姿を見て仰天した。

帽子をむしり取り、金の髪に宝冠を載せている。

一流の職人が趣向を凝《こ》らして織りあげた生地が、無残にも膝からばっさりと切り捨てられている。

しかも腰には剣帯を下げているのだ。

何より、恐ろしく表情が険しい。

それは国王も同様だった。大声で吠えた。

「馬を引けい！」

二人の後ろから結婚式に参列していた諸侯たちが次々に血相を変えて飛び出してきた。

口々に、警備の兵士に慌ただしく何か言いつけ、大聖堂前の広場は大混乱に陥った。


国王は婚礼衣裳のまま、引かれてきた馬に早くも飛び乗り、背後を振り返って大喝《だいかつ》した。

「騎士の誇りと意地あるものは俺に続け！　何としてもランバーを救うのだ！」

この言葉に市民たちは思わず顔を見合わせた。

「ランバーだって……？」

「タンガが攻めてきたのか！」

ランバー砦《とりで》がタンガとの国境の抑えであることはコーラル市民も知っている。

「あり得ねえ。王さまの結婚式だぞ！」

「狙って仕掛けてきたのか！」

「何てことしやがる！」

国王の慶事を台無しにするこの暴挙に、市民たちも憤然となった。

そんな中、戦に免疫《めんえき》のないフランクルはひたすら恐《おそ》れ戦《おのの》き、震えあがっていたが、またしても悲鳴をあげそうになった。

とっくに逃げ出したと思っていた王女がフランク

ルの眼の前を馬に乗って通り過ぎたからだ。

膝から下の足をむき出しにして、靴《くつ》まで脱ぎ捨て、見事な白馬にまたがっている。

他の貴婦人なら見るも無残な姿だろうに、颯爽《さっそう》としたその姿にフランクルの眼は釘づけになった。

王宮の広間にいた時より、楚々《そそ》とした花嫁姿より、王女は遥《はる》かに美しかった。

いきいきと輝く顔は太陽に照り映えて凛々《りり》しく、緑の瞳はいっそう強い光を放って、雄々《おお》しいとされ感じた。

大聖堂の前へ出てきたサヴォア公爵が大声で呼びかける。

「王妃！」

この呼びかけを聞き取り、一気に駆け抜けようとしていた王女は手綱を引き、馬上から言い返した。

「まだ王妃じゃないぞ！　邪魔が入ったからな！」

かまわず、公爵はさらに声を張りあげた。

「従兄上《あにうえ》を頼んだぞ！　俺はハーミアよりも我が国の勝利の女神を信じる！」

鞍上《あんじょう》の王女はにやりと笑った。

とても若い娘の顔ではない。

結婚式当日の花嫁の顔でもない。

大胆不敵《だいたんふてき》な武将の顔だった。

「ああ、団長も後を頼む。行ってくる！」

馬腹を蹴《け》って一気に走り出していく。

その後ろ姿を見送ったフランクルは己の間違いを悟った。

あの方は夫の社交界を彩る飾り物などではない。

黄金の羽を備えているのは確かでも、間違っても孔雀《くじゃく》などではない。

金色の鷹《たか》だ。

力強い翼を持ち、大地を睥睨《へいげい》する鋭い眼を持ち、何者をも仕留める鋼《はがね》の爪を持っているのだ。

この時、すとんと腑《ふ》に落ちた。

あの衣裳は、あれで完成だったのだ。

邪魔な裾は切り捨て、踵《かかと》の高い靴も捨て、剣帯を巻き、勇ましく馬を駆って、デルフィニアの勝利の女神は国王の下《もと》に駆けつける。

いや、これも違う。あの方は夫の下にはつかない。本物のハーミアのように夫の前に立ち、兵を導き、勝利へと突き進むに違いない。

国王はあの方の支援を受けて、現世のバルドウのように勇ましく戦うだろう。あの方は国王を助けて、自らの手で勝利を摑んでみせるだろう。

フランクルは思わず手を組んだ。

経験したことのない深い感動を覚えながら、頭《こうべ》を垂れると、生まれて初めて、厳かにその言葉を口にしていた。

「ご武運を……！」

国王の女難

国王の結婚は即位と同様、あるいはそれ以上に、国民が盛り上がる最高の行事である。

ウォル・グリークの結婚は二重にめでたかった。式の最中《さなか》を狙ったタンガの卑怯《ひきょう》な侵攻を国王と王妃は見事に退《しりぞ》けてみせたからだ。

コーラル市民はしばらくこの話で持ちきりだった。ランバー戦から兵士たちが凱旋《がいせん》してくると、その興奮はさらに増し、市民たちはこぞって兵士たちに群がって熱心に話を聞きたがった。

兵士たちもここぞとばかりに自分たちの手柄話《てがらばなし》を披露《ひろう》したが、それ以上に、国王の勇姿がいかに雄々《おお》しかったか、一緒に戦った新王妃がいかに凜々《りり》しく勇ましく、タンガ兵を側《そば》へも寄せない勝利の女神であったか、熱弁を振るったのである。

「勝利の女神ってのは、てっきり醜女《しこめ》だとばっかり思ってたけどよ！」

「タンガ兵どもも見惚《みと》れてたぜ！」

「そうそう！　で、ぽかんとしている間に妃殿下にばっさり斬られるって寸法でさ！」

「たまげたよなあ！」

さらに人々の話題は自然と次の段階に——国王の結婚を迎えた国民の当然の話題に移ったのだ。

「早くお世継《よつ》ぎが誕生するといいねえ」

「最初のお子さまはやっぱり王子さまがいいね」

「ああ。あの王妃さまなら、さぞかし強い王子さまがお生まれになるだろうよ」

その期待が空振りに終わることを市民たちはまだ知らない。

デルフィニアの新王妃に世継ぎは決して望めない。王妃は国王と『実質的な夫婦』になったつもりはさらさらないのだ。ただの契約で、紙切れに名前を書いただけだと思っている。

世継ぎを産める身体でないことも自分でわかっている。

それどころかこの王妃は、もし国王が閨《ねや》で自分に迫ったりしたら容赦《ようしゃ》なく叩きのめすと宣言《せんげん》しており、国王もそれを了承している。

「おまえのような物騒なものに手を出すほど、俺は物好きでもなければ命知らずでもない」

国民から世継ぎを期待されていることは百も承知だったが、当の国王も新王妃も平然たるものだった。

「俺は庶出《しょしゅつ》の生まれだからな。血筋を問うなら、先王の甥《おい》である従弟《いとこ》どののほうが圧倒的に正しい血統なのだ。何も次の王が俺の子である必要はない」

公言こそ控《ひか》えているものの、デルフィニアの国王は君主にあるまじきこんなことを大真面目に考えているし、王妃は王妃で、

「そのうち、子どもの産めない王妃はいらないって、遅まきながら言われるんじゃないか。そうなったら出て行けばいいだけの話だ」

げんなりしながらも面白がっている。

しかし、国王に親しい人たちは別の思惑をもっていた。

その筆頭が女官長である。

「妃殿下にはお世継ぎは望めない。となれば、何としても側室《そくしつ》をおかなくては……」

国王の好みをあらためて確認しようと、国王の幼なじみの独立騎兵隊長を捕まえて、伯爵子息時代の国王の女性経験を尋《たず》ねたりしたが、イヴンにも男の仁義というものがある。

これはさすがに答えかねた。

言葉を濁《にご》し、そそくさと女官長から逃げ出したが、国王に側室を持たせること自体は彼も賛成だった。

理由は至って簡単で、イヴンは密かに幼なじみに同情していたのである。

「奥方がリィじゃあ、あんまり潤《うるお》いがなさすぎるぜ。しょうがねえ。ここは一肌脱ぐか」

同じことを考えてこの問題に身を乗り出したのが、国王の従弟《いとこ》のサヴォア公爵ノラ・バルロだった。

「従兄上《あにうえ》も一応（？）身を固められたことだし、

寵姫《ちょうき》の一人も持たないとあっては国王の沽券《こけん》に関わるからな。大きな声では言えないが、あの王妃に世継ぎが誕生しないことは確実ときている」

そもそも、ここが大間違いなのだ。

子どもが産めないとわかっている女を王妃に据えるなど、以前のバルロなら『話にならん』と言っただろう。良くも悪くも王妃とはそういうものだ。

国王の血筋——それも男子を残すのが、王妃たるものの唯一の使命といっても過言ではない。

先代国王の甥として誕生し、筆頭公爵家の長男として王家を間近に見ながら成長したバルロは誰よりそれをよく承知していたが、グリンディエタ・ラーデンを王妃にしたいという国王に対し（少なくとも表だっては）反対しなかった。

我ながら酔狂《すいきょう》な真似をしたとわかってはいるが、世継ぎの有無より、あの王女が国王の側からいなくなってしまうことのほうが損失だと判断したのだ。

だが、王位継承問題と一人の男としての生き様はまた話が別である。国王にも——国王だからこそ、癒《い》やしの時間があるべきだ。

大華三国《たいがさんごく》の一を担《にな》う大国の王の寵姫ともなると、そんじょそこらの女ではとてもつとまらない。

「ここは俺が出張《でば》らねばなるまい」

バルロも筆頭公爵の人脈を駆使して、ふさわしい女を選定にかかった。

バルロのような大貴族と、イヴンのような庶民、というより世間的にはならず者にも等しい自由民は通常、まったく異なる世界に住んでいる。

この両者が直接知り合いになったり、会話したりすることなど、普通ならあり得ないのだが、二人は他ならぬウォル・グリークを通してつながっている。

国王の王座奪還《だっかん》にタウの自由民が果たした役割は非常に大きい。しかも、今のイヴンは国王の親衛隊長ともいうべき地位にある。

国王も彼の来訪を喜ぶので、大手を振って堂々と王宮に出入りしている。

当然、バルロはそれがおもしろくない。

この日も本宮を出ようとした際に、正面玄関から入って来たイヴンを見て、露骨《ろこつ》に顔をしかめた。

イヴンはイヴンで小さく舌打《したう》ちを洩《も》らした。

公《おおやけ》の場で喧嘩《けんか》をふっかけるような野暮《やぼ》な真似はイヴンの好むところではない。

慇懃無礼《いんぎんぶれい》に軽く頭を下げて通り過ぎようとしたが、すれ違いざまにバルロが足を止め、独《ひと》り言《ごと》のように言ったのだ。

「従兄上《あにうえ》にも側室を持たせなければならんな」

イヴンも立ち止まった。

ただし、振り返ろうとはせずに言った。

「その点だけは珍しく、あんたに同感です」

「あの王妃を選んだこと自体は、今も間違いだとは思っておらんが」

「それも同感です。俺たちの勝利の女神ですからね。陛下の傍にいてくれるに越したことはない」

「もっともだ。しかし、勝利の女神の加護とは別に、従兄上《あにうえ》にも真の意味で愛する女性が必要だろう」

「へえ？　こりゃあ意外です。お貴族さんってのは愛情なんか抜きの政略結婚じゃないんですかい？　陛下のご両親は——先代陛下じゃなくてフェルナン伯爵と伯爵夫人は例外ですがね」

イヴンにとって幼なじみの両親といったら、今もその人たちの顔が出てくる。

バルロは、自分の知らない情報を話す無頼の男を忌々《いまいま》しく思いながらも、すかさず皮肉で返した。

「ほほう。フェルナン伯爵の結婚当時をご存じとは、ずいぶんなご高齢なのだな」

「あんたにしちゃあ、お粗末な返しですな」

イヴンも平気でやり返した。

「そりゃあ、ご結婚当時のことは俺は知りませんが、お二人は本当に仲のいいご夫婦でした。時々出入りしていた領民の餓鬼《がき》にもわかるくらいにね」

「…………」

「国王という立場では難しいのかもしれませんが、

俺はね、陛下にもあのお二人のような幸せな家庭を持ってもらいたいと思ってるんですよ」

　バルロは胸の内だけで舌打ちした。

「——極めて遺憾《いかん》ながら、同感だ」

　日頃、毒舌の連射しかしてこない相手が、こうも素直だと気味が悪い。イヴンは思わず顔をしかめた。

　そんなイヴンの表情は見えていないバルロが言う。

「今、ふさわしい女を探しているところなのだ」

「俺もですよ」

　それまでずっと背中を向けて話していた二人は、ここでようやく相手に向き直った。

「従兄上《あにうえ》は仮にも国王だぞ。山賊まがいの自由民に、ふさわしい女が斡旋《あっせん》できるとは思えんがな」

「だからこそ、玄人《くろうと》の女のほうが却《かえ》っていいいんじゃないかと思いましてね」

　バルロが顔色を変えた。

　イヴンが好んでシッサスに出入りしていることはバルロも知っている。コーラル切っての繁華街《はんかがい》で、娼館《しょうかん》が軒《のき》を連ねる一角《いっかく》もある街だ。

「馬鹿な。商売女などを従兄上《あにうえ》に近づける気か？　悪い病気でも持っていたらどうするのだ」

「あんまり俺を見くびってもらっちゃあ困りますな。騎士団長どの。シッサスの娼婦とはわけが違います。ペンタス帰りの女ですよ」

「——位《くらい》は？」

　ペンタスという地名にまったく驚かず、すかさずその言葉が出てくるところはさすがである。

　ペンタスはテバ河河口にある島国に過ぎないが、国全体が巨大な遊興施設とでもいうべきところだ。最高級の贅沢品《ぜいたくひん》を取り扱っていることでも有名な場所である。当然、女たちにも厳然《げんぜん》たる階級がある。

　最下層の街娼から、王侯貴族の相手をする歌姫・舞姫まで実に幅広く、男たちはそれぞれ自らの懐《ふところ》具合と身分に応じた女を選べる仕組みになっている。

　中にはどれだけ大金を積んでも買えない女もいる。女のほうに客を選ぶ権利があるのだ。

しかし、そこまで高い女はペンタスに星の数ほどいる遊女の中でも、ほんの一握《ひとにぎ》りのはずである。

「街娼や宿売りでは話にならんぞ」

バルロの指摘に、イヴンはちょっと困ったように頭を掻《か》いた。

「あいにく俺は遊び慣れている公爵さまと違って、女たちの格付けなんか知りませんがね。少なくとも安い女じゃない。確か……花蘭《からん》とか言ってました」

「ほう?」

バルロの顔色がちょっと変わった。

それが事実ならたいしたものだ。

歌姫・舞姫のすぐ下の位である。

男にせっせと通わせて、散財させたあげく、袖《そで》にする自由すら与えられている階級の女だ。

そして、そんなつれないあしらいも、ペンタスの女たちとの楽しみ方の一つなのだ。

女に相手にされないことを『金だけ払わされた』『詐欺《さぎ》だ』と騒ぐような男は、そもそも花蘭の顔を見ることすらできないのである。

「そこまで上り詰めたのに、なぜペンタスから出たのだ?」

「年季《ねん》が明けたんだそうで。といってもまだ二十五ですがね。下賤《げせん》な言い方をさせてもらえば、ぞくっとするような、油の乗り切ったいい女ですよ」

言い返して、イヴンは探りを入れた。

「そっちこそ、どんな女をあてがおうっていうんです?」

「未亡人だ」

バルロは胸を張って答えた。

「といってもまだ十八だがな。気の毒にも結婚して早々に夫に死なれたのだ。従兄上《あにうえ》はそうした不遇《ふぐう》の女性を放っておけない性質のようだからな」

「そいつあどうですかねえ?」

懐疑的な口調のイヴンである。

「知らないんなら教えますが、エンドーヴァー夫人は結局、形だけの愛妾《あいしょう》だったんですぜ。だいたい、あんな唐変木に、あんたのお仲間の家柄自慢《じまん》、血統自慢の貴婦人をあてがってやったところで、どうにかなるわけがない」

「仮にも国王を唐変木呼ばわりとは、不敬罪だぞ、独騎長。つけ加えるなら俺に対する侮辱《ぶじょく》でもある。俺が従兄上《あにうえ》に、貴公が考えているような、高慢で鼻持ちならない上、流行《りゅうこう》と化粧と服飾と男の地位と財力にしか興味のない、頭の空《から》っぽな女性を引き合わせると思っているのならな」

イヴンは大げさに両手をあげて見せた。

「こいつは失礼しました。——それじゃあ、言い換えます。あんな朴念仁《ぼくねんじん》には箱入りのお嬢さんは荷が重過ぎます」

「朴念仁も敬意があるとは言えん言葉だぞ」

「だったら、あんたならなんて言うんです？」

苛立《いらだ》たしげに問い返されて、毒舌家のバルロが、しばし沈黙した。

腕を組んで真剣に考えた末、慎重《しんちょう》に言葉を絞り出した。

「従兄上《あにうえ》は……確かに、女性には不慣れな方だ」

辛抱《しんぼう》強く待っていたイヴンは呆《あき》れて言い返した。

「あんた、妙なところで優しさを発揮《はっき》しますな。幼なじみとして言わせてもらえば、ありゃあ、そんな生やさしいもんじゃありませんぜ」

「貴公のほうこそ、女性に関しては徹底的に疎《うと》いとわかっている従兄上《あにうえ》に、いきなりペンタス帰りの女を見繕《みつくろ》うとは何事だ。馬の初心者に暴れ馬をあてがうようなものだぞ」

「いやあ、逆ですよ。相手はペンタスで鳴らした、男なら何でもござれの海千山千ですぜ。だいたい、そのくらいの女でなきゃあ、あんな鈍感《どんかん》の野暮天《やぼてん》とどうこうなれるわけがないでしょうが」

「いいや。女性には不慣れな従兄上《あにうえ》だからこそ、純情可憐《じゅんじょうかれん》な乙女のほうがいいに決まっている」

「未亡人なら乙女とは言えんでしょう」

乙女とは通常、未婚の少女を指す言葉である。

バルロは頷《うなず》きながらも、知人の未亡人を贔屓《ひいき》した。

「最初の結婚が早かったからな。十八なら今から結婚してもおかしくはない歳だ。何より、俺の眼から見ても実に美しい。純情可憐な女性だぞ」

「そんなら、あいつがどっちの女を気に入るか、試してみようじゃありませんか」

「国王をあいつ呼ばわりするその口をまずあらためることだ、独立騎兵隊長。——俺の未亡人に決まっている」

「いいでしょう。受けて立ちますぜ。ペンタスの元高級娼婦と清楚《せいそ》な未亡人。どっちが陛下のお眼鏡《めがね》にかなうか、勝負と行きましょう」

「望むところだ」

二人は気づかなかったが、このやりとりを壮麗《そうれい》な柱の陰で聞いていた人がいる。

王妃だった。

自分の夫に愛妾をあてがおうという話の真っ最中だというのに、この人は腹を立てるでなく、二人を咎《とが》めだてするわけでもなく、ただ呆れたように天を見上げて呟《つぶや》いた。

「……物騒な話してるなあ」


イヴンはさっそく行動を開始した。

国王が息抜きに執務室《しつむしつ》を離れたところを見計らい、素早《すばや》く近づいて話しかけたのである。

「手が空《あ》いてるなら、ちょっと外へ出ないか?」

突然こんなことを言われて、ウォルは驚いた。

イヴンは我が物顔で本宮に入ってくるが、破天荒なようでいて、友人の立場を尊重《そんちょう》している男だ。

今は国王という厄介な役職についた幼なじみに、自分の都合を押しつけたりすることはない。

当然、外へ連れ出そうとしたこともだ。

「どうした風の吹き回しだ?」

おそるおそる尋ねると、笑って答えてきた。

「別に? 街や市民の様子を見るのも国王の立派な務めの一つだろ——っていうのは口実だがな、実はちょっと、会ってやって欲しい人がいるんだよ」

　ますます驚いた。

『国王』に向かって、人と会えとはただ事ではない。

　何か問題が起きたのだろうが、イヴンはこれまで国王にこの手の『頼みごと』をしてきたことがない。

「——もめ事か？」

「まあ、いいから、いいから。ちょっとつきあってくれ」

　至って気楽な調子だが、それを鵜呑《うの》みにできないことは、長年のつきあいでわかっている。

　王宮に連れてくるには子細のある人らしい。

　理由を言おうとしないことがなおさら重大な事柄に思えて、国王は少々緊張《きんちょう》しながらも、微行《びこう》姿で、イヴンと連れだって城を出た。ところが、行き先が妙だった。

　イヴンがいつも入《い》り浸《びた》っている繁華街とはまるで別の方角である。

　大都市のコーラルには庶民の住む下町や繁華街の他に、富裕層の邸宅が並ぶ高級住宅街もある。

　日頃のイヴンならまず足を向けない一角だ。

　国王は眼を丸くしながら友人についていったが、彼が足を止めた場所は住宅ではなさそうだった。

　家のつくりが違うのだ。

　門扉がなく、通りに直接扉が面している。当然、庭もない。

　この近辺では、これは店舗《てんぽ》のつくりだ。

　それも上流階級が好む贅沢品を売る店舗である。

　イヴンが敲《たた》き金《がね》を叩くと、間もなく扉が開いた。

　出迎えてくれたのは十三、四くらいの少女の小間使いで、丁寧《ていねい》に頭を下げてきた。

「いらっしゃいませ」

「ご主人はいるかい？」

「はい。お待ちでございます」

　イヴンは国王を振り返って言ったのである。

「じゃあ、後はよろしく頼むわ」

「なに？」

事情をまったく説明せずに、よろしくと言われても困るが、イヴンは本当にひらりと手を振って背を向けてしまった。

致し方ない。国王は小間使いの少女に促《うなが》される格好で扉をくぐったが、中に入ってみて驚いた。

玄関を入ってすぐ右手によく手入れされた中庭が広がって、さんさんと日射しが降りそそいでいる。

中庭を囲んで二階建ての回廊がつくられ、国王の正面は奥へ続く通路になっている。

右手に広がる中庭の向こうにも三階建ての立派な建物が建っていたが、少女はまっすぐ通路を進み、国王も後に続いた。

建物の中に入り、立派な居間に通されたが、この居間の先にも芝生《しばふ》と木々の庭があり、少女はそこへ国王を案内した。

庭に続く硝子戸《ガラスど》は大きく開放され、芝生の手前はテラスになっている。

そのテラスには庭を眺めながらお茶を楽しむのにちょうどよさそうな椅子と机が置かれていて、エンドーヴァー夫人がいた頃の芙蓉宮《ふようきゅう》を思わせた。

違う点は、国王が腰を下ろした椅子には極上の絹《きぬ》繻子《しゅす》が張られ、目の前の机も顔が映るほどぴかぴかに輝いていることだ。

今し方通り過ぎた部屋の調度も凝《こ》ったものなのは、こうしたものに疎い国王にもわかる。

(高級品を扱う店舗にしても、贅沢なものだ)

妙なことに感心しながら、手入れの行き届いた庭を眺めていると、背後で扉の開く音がした。

振り帰って、国王は思わず眼を瞬《しばた》いた。

入って来たのは物慣れた商人ではなく、息を呑むほど美しい若い女だったからだ。

少し浅黒い肌はなめらかで、頰《ほお》は鮮やかに血色が上っている。健康的な印象だが、黒い瞳《ひとみ》は謎めいた輝きを放っている。

つやのある黒髪《くろかみ》を大きく結い上げて銀粉《ぎんぷん》を振り、唇《くちびる》は真紅の薔薇《ばら》のようだ。薄紫の羽の模様を散らした濃い紫の衣裳《いしょう》を着ている。

国王は女性の服飾にはまったく無知だが、産業品としての生地に関する知識は持っている。国産と輸入品の区別もつく。

その国王から見ても、これは滅多《めった》にない最高級の生地だ。裕福な貴婦人だけが身につけられる豪奢《ごうしゃ》なものである。

匂い立つような美女はすべるように歩いてくると、国王の前で優雅に膝《ひざ》を折り、しっとりした口調で挨《あい》拶《さつ》した。

「お目にかかれましてまことに光栄でございます。ウォル・グリーク国王陛下。——わたくしのことはダーシャとお呼びくださいませ」

「これは、ご丁寧に」

大真面目に礼を返す。

ウォルは唐変木の朴念仁の野暮天ではあるが、この女性の美しさが『ただごとではない』ことには気がついていた。

自慢ではないが、着飾った美女なら大勢見ている国王だ。しかし、王宮の貴婦人たちの姿や物腰とは明らかに種類が違う。

端的に言うなら、素人《しろうと》の女性とは思えないのだ。

「お尋ねしてもよろしいかな？」

「何なりと……」

「ここは商店ではなく、娼館ですか？」

恐ろしく直截《ちょくせつ》な問いにダーシャは眼を見張ったが、微笑して首を振った。

「いいえ。わたくしの家ですわ。つい先日、もらい受けたものです」

「これは申し訳ない」

律儀に頭を下げて、国王は質問を続けた。

「もらったとは、あなたのご主人にですか？」

普通なら憚《はばか》るような事柄を実に無邪気《むじゃき》に、率直に、しかも明るい笑顔で尋ねてくる。

並の娼婦だったら、相手が国王だけに軽蔑《けいべつ》はしないまでも、困惑の表情は隠《かく》せなかったかもしれない。

だが、ダーシャは頭のいい女性だった。穏やかな口調で答えた。

「主人と言えば主人ですが、有り体《あてい》に申しあげれば、わたくしの旦那《だんな》でした」

遊女の上客《じょうきゃく》ということだ。

国王はまた首を捻《ひね》った。

過去形で話すからには、今はその旦那とは別れているということになる。

「では、この家には、あなた一人でお住まいに？」

「はい。今のところは」

ずいぶんと太っ腹な旦那だと、ウォルは感心した。こんな屋敷をそっくり手切れ金にくれてやるとは、並大抵の財力でできることではない。

「このコーラルに、それほどの旦那がいますか？」

「いいえ。旦那とはペンタスで別れて参りました」

「ほう？　それは……」

途端、国王は熱心に身を乗り出した。

ダーシャはこの時まで、跪《ひざまず》いた状態で、椅子に座る国王を見上げる姿勢で話していた。

国王の前だからそうしていると、やっと気がついて、ウォルは椅子を勧《すす》めた。

「どうぞ。座ってください。――あなたの家なのに、客の俺がこんなことを言うのはおかしいですが」

「恐れ入ります」

ダーシャはしとやかに腰を下ろした。

「ペンタス帰りの方と会えるとは実に嬉《うれ》しい。詳しい話を聞かせてもらえますか？」

「はい。何なりとお尋ねください」

国王の向かいに座ったダーシャは婉然《えんぜん》と微笑《ほほえ》んだ。

しかし、国王が熱心に聞きたがった事柄は彼女の予想とはかけ離れていた。国王の興味はペンタスという国家の現状、市民の暮らしぶり、そして何より経済に関することだった。

「ペンタスは小さな島にも拘《かか》わらず、非常に豊かな国だと聞いています。なぜそれほど潤っているのか、主な財源は何ですか？」

ダーシャは依然として落ち着いた笑みを浮かべていたが、この王さまはかなり変わっていると思ったのは間違いない。

それでも、質問には丁寧に答えた。

「一番の資金源はやはり、女たちだと思います」

遊女の最高峰である歌姫・舞姫ともなると、会うだけでも桁違《けたちが》いの金がかかる。しかも金さえ払えば相手をしてもらえるというものでもないのだ。

気に入らない客なら、袖にする権利を持っている女たちである。

彼女たちの『馴染《なじ》み客』にしてもらうためには、惜しみなく金を使って、目玉が飛び出るほど高価な――しかも趣味のいい贈り物をする必要がある。

彼女たちも客からの揚代《あげだい》で豪華な衣裳や装飾品を誂《あつら》え、高額な化粧品を注文する。

それだけにペンタス製の化粧品や衣裳、装飾品は最高の品質を誇っている。大陸中の女性の憧《あこが》れでもあり、各国の王侯女性がこぞって買い求めることでも知られている。

「あなたの衣裳もペンタス製ですか？」

「はい。やはり馴染んだものが一番ですので」

控えめに微笑んでダーシャは続けた。

「もちろん、このコーラルの品も立派なものですが、ペンタス製の品物を愛用する貴婦人も多いと聞いております。陛下も妃殿下に買ってさしあげてはいかがですか？」

「衣裳や化粧品を王妃にですか？　とんでもない。無駄遣《むだづか》いをするなと怒られます」

大きく首を振って、国王は真顔で尋ねた。

「俺は相場を知らんが、ペンタスの高級品はどのくらいの値段なのです？」

「それは女たちの格によります。歌姫・舞姫ともなりますと、紅《べに》一つで金貨十枚の価格のものを使うこともありますわ」

眼を見張った国王だった。

「なんと！　恐ろしい紅ですな。剝《は》げることを恐れるあまり、ろくにものも食えん。——あなたもそんな高価な紅を？」

「いいえ。わたくしの位は花蘭でしたから。そのような僭越《せんえつ》なことはできません」

「僭越？」

思わず問い返したが、国王も元来、頭のいい人だ。敏感《びんかん》に察して頷いた。

「なるほど。財力があっても、下の身分の者が上の身分の者に張り合うことは禁じられていると？」

ダーシャは初めて、少し困ったように微笑んだ。

「そのように決まっているわけではありませんが、出る杭は打たれると申しますから。それに、無闇《むやみ》に対抗心を燃やして彼女たちの顰蹙《ひんしゅく》を買うのは、賢《かしこ》いやり方とは申せません」

国王は感心したように頷いた。

目上の相手を憚るのは身分制度の中で生きる人の基本的な処世術といえるが、それが遊女の世界にも存在することを初めて知ったからだ。

「勉強になります。自分の知る限り、娼妓《しょうぎ》たちの争いとは、縄張りを侵害した、上客を横取りした、そうした事柄がほとんどだと思っていたので」

こういうことを正直に——しかも当の娼妓に面と向かって言う男も恐ろしく珍しかったに違いない。

ダーシャの黒い瞳は相変わらず謎めいた煌《きら》めきを残している。

「ペンタスでも、街娼たちの間ではそうした争いがあると、耳にした覚えはあります。ただ、わたくしどもとはまったく別の社会になるので、詳しいことは存じませんが……」

「ほほう？　同じ娼妓ではないかと、ひとくくりにすることはできないわけですな？」

今度こそ、ダーシャは失笑した。

国王は知らないことだが、ペンタスで花蘭という位にまで上り詰めた女——すなわち感情を完璧《かんぺき》に操《あやつ》れる鍛錬《たんれん》を積んだ女にしては、これはほとんどあるまじきことだった。

要するに、ダーシャはこの国王にはある程度、人間らしい反応を見せるほうが有効だと判断したのだろう。

「同じにされては、歌姫・舞姫はおろか、わたくしより下位の貴婦《きふ》たちでも快《こころよ》くは思わないでしょう」

この後もダーシャからペンタスについて話を聞き、国王は満足して立ち上がった。

「いろいろとおもしろい話を聞かせてもらいました。ありがとう」

ダーシャは玄関まで国王を見送り、しとやかに頭を下げた。

「このような話でよろしければ、またお越しくださいませ。お待ちしております」

「そうですな。気が向いたら寄らせてもらいます」

国王は笑顔で言って、ダーシャの家を後にした。

王宮へ戻った国王を、バルロが待ち構えていた。

「従兄上《あにうえ》。少しよろしいですか？」

「ちょうどいい。俺も訊《き》きたいことがあったのだ。──ペンタスの遊女の階級について、知っていたら教えてもらえないか」

バルロの眉《まゆ》がぴくりと動いたが、彼も百戦錬磨《ひゃくせんれんま》の兵《つわもの》である。満足そうな笑みを浮かべて頷いた。

「従兄上《あにうえ》も身を固めたことで、ようやく、色の道に精進なさるお心づもりができましたかな？」

従弟《いとこ》の冗談は頭から無視して、国王は言った。

「貴婦という遊女はどのくらいの価《あたい》の女たちだ？」

予想と違う言葉が出てきたが、バルロは慌《あわ》てない。

「一番、一般的な女たちだと思いますよ。金持ちの庶民から下級貴族まで、幅広い客層を持っています。この女たちはそれぞれの娼館に専属として囲われているそうです。何でも娼館にちょっとした社交場のような部屋があって、そこに貴婦たちがいて、客をもてなして酌《しゃく》をしてくれるんだそうです。客はその中から好みの女を選んで買うわけですな」

「では、花蘭はその上か？」

「いいえ。間に皇妃《こうひ》という位があります。貴婦とは違って、最初に顔を見てから身体に触れるまで、七回は女のところに通って宴席《えんせき》を開かなければならない決まりです。無論、その間に掛かる費用は男がすべて支払うわけですから、なかなか高価な女たちですよ。あげく袖にされることもあるので危険が伴いますが——逆の場合もあるらしい」

国王は興味を引かれた様子で尋ねた。

「逆というと？」

バルロは面白そうな顔で言った。

「どうしても逃がしたくない極上の客が現れても、皇妃という身分にある以上、すぐには閨《ねや》へ誘えないわけです。男が連日通ってくれれば、逃がす心配はまずないでしょうが、時には日を空けることもある。それでも、是《ぜ》が非《ひ》でも七回は自分のところに通ってもらわなければ上客にはできない。言い換えれば、そのくらいの間は身体の関係なしに男をつなぎとめられる魅力がなくては皇妃にはなれないということでしょう。花蘭はその上です」

「皇妃とはどう違うのだ？」

「俺も実際に買ったことはないので、こればかりは何とも言えませんが……」

「意外だな。従弟《いとこ》どのならペンタスに馴染みの女の一人や二人はあるものと思っていたぞ」

本当に驚いた様子で言う従兄に、バルロは苦笑した。

「従兄上《あにうえ》。俺には騎士団長という重要な役職があるんですぞ。真面目に仕事をしていたら、ペンタスでうつつを抜かしている暇などありません。——あそこは要するに、親の金で遊んでいられる放蕩《ほうとう》息子か、隠居《いんきょ》した大富豪か、政務にはまったく縁《えん》のない、ただし金だけは腐るほど持っている王族といった輩《やから》が贔屓にする場所なんです」

身《み》も蓋《ふた》もないことを断言して、バルロは続けた。

「そのこともあって、俺はつくづく従兄上《あにうえ》が即位してくれてよかったと思いますよ。——大きな声では言えませんが、もし従兄《いとこ》のレオンが国王になっていたら、あの阿呆《あほう》は国政をすべて放り出して、ペンタスに入り浸って、最後は国を傾けていたという最悪の未来がありありと見えますからな」

「充分、大きい声だと思うぞ、従弟《いとこ》どの」

「先程の質問に答えますが、花蘭とは歌姫・舞姫に準ずる位だと聞いたことがあります。娼館に属さず、自由に外出し、王族主催の夜会にも顔を出し、各国大使とも対等に会話をする。教養も話術も一流でなくては務まりません。いわば屋敷を持たない歌姫・舞姫のような存在です。事実、花蘭の中から舞姫に昇格する女もいると聞いています」

　国王は少し考えた。

「となると……花蘭まで勤めあげた女が金に困っているということはないのだろうか？」

「まずあり得んでしょうな。男の借金の肩代《かたが》わりでもしたというなら話は別ですが。そして、俺個人の見解だけではなく、世間一般の意見としても、そこまで男に入れ込むような女は花蘭の地位まで上がることはないと思います」

「俺もそう思う。言葉は悪いが、彼女たちにとって男は商品だろうからな。どれだけ値打ちがあるか、どこまで貢《みつ》がせられるか、正しく見抜く眼を持っているはずだ」

「確かに。彼女たち以上の目利きはいないでしょうな」

　すました顔で答えながら、バルロは気になることを尋ねた。

「誰かそうした女と関わりでもできましたか？」

「いや、関わりと言うか……」

　国王は急に何かを思い出して、そわそわした様子になった。

「また家に来てくれと言われたのだ。お待ちしていますと。社交辞令とばかり思っていたが、そうするとあれは……客になってくれという意味だったのかな？」

バルロは深いため息を吐《つ》いた。

「いいですか、従兄上《あにうえ》。従兄上《あにうえ》は今や、垢抜《あかぬ》けない地方貴族の若者ではないんですぞ。大華三国の一を担うデルフィニアの国王を客にしたがらない娼妓が、どこにいるというんです？」

「しかし、俺は実際その通りの男だぞ。田舎《いなか》育ちで、泥臭《どろくさ》く、自分でも自覚しているが、とにかく鈍い。ましてて花街《かがい》の女となると、お手上げだ。駆け引きはおろか、言葉のあやもわからん」

「では通訳しましょう。花蘭の女の『お待ちしています』は『客になってほしい』という意味ではありません」

「そうなのか？」

大きな身体できょとんと眼を丸くする。

そうしていると、まったく人畜無害《じんちくむがい》の牛のような人だが、バルロは何とも言えない笑みを浮かべて続けた。

「花蘭の女にそこまで言わせるとは、さすが従兄上《あにうえ》。それは『このわたしを袖にするなんて野暮なことは、まさかなさいませんわね？』と、あからさまに釘を刺されたんです」

国王は呆気《あっけ》にとられて立ちつくした。

「そこまで読み取らねばならんとは……奥が深い」

「常識です」

すまして答えながら、どうやらその女は『当たり』だったらしいとバルロは思った。

国王の幼なじみの自由民の男は好きではないが、王冠を戴《いただ》く従兄に対しては、もう少し女性あしらいに慣れてもらったほうがいいと思っている。

今は桁外れともいうべき健康的な鈍感具合がいい方向に作用している国王ではあるが、昔から女性で失敗する君主や英雄は数え切れないほどいるのだ。

あの自由民の男と馴れ合う気は毛頭ないが、ペンタスの花蘭にまで上り詰めた女なら、従兄にとってもいい刺激《しげき》になるのではと思っていた。

その女と昵懇《じっこん》になった上で、自分の紹介する若い未亡人を気に入ってもらえばいいだけの話だ。

　バルロの思惑を知らない国王は何やら考え込んでいたが、困ったような表情になって問いかけてきた。

「従弟《いとこ》どの。もう一つ質問があるのだが……」

「何なりと」

「それほど高級な娼妓となると、気位も相当に高いのだろうな」

「当然です。ペンタスの花蘭ともなると、下手《へた》な貴婦人よりも誇り高いと言っていいでしょう」

「そこでお尋ねするが……」

　国王は本当に困っていた。

　同時にとことん真顔だった。

「――明日以降は二度と顔を出さないのと、決まり通り、七回通った後で客になるのは断るのと、どちらが娼妓の自尊心を傷つけずにすむだろうか？」

　膝から崩れ落ちるような脱力感を覚えるとともに、バルロは――極めて遺憾ながら――あの山賊の男に心から賛同し、ちょっぴり同情もした。

　小さく呟く。

「……我が国の王はどこまで型破りか……」

「なに？」

「何でもありません。――今の質問に関しては俺でも答えに窮《きゅう》します。気になるのでしたら、いっそのこと本人に尋ねてみればよろしい」

　やけくそで答えて、バルロは本題に入った。

「俺も娼妓ではない女性のことで従兄上《あにうえ》にご相談があるのです。明日の午後、お時間をいただけますか？」

　国王は呆気にとられた。

「これはまた面妖なことを聞くものだ。従弟《いとこ》どのが俺に女性の相談とは。――なぜ従弟《いとこ》どの自身で解決しないのだ？」

「できれば俺がやっています。それでは埒《らち》があきませんので、従兄上《あにうえ》にご足労願いたいのです」

「いったい何事だ？」

「詳しいことは明日、お話しします」

翌日、バルロが国王を案内したのは、コーラルの外れにあるサヴォア公爵家の別邸だった。

一《いち》の郭《かく》の壮麗な館とは打って変わった瀟洒《しょうしゃ》なつくりである。こぢんまりと言ってもいいくらいだが、立派な門扉があり、玄関まで庭が続いている。

先代公爵が鷹狩《たかが》りに使っていた館だそうだ。

「手狭なので、今は滅多に使うこともないのですが、取り壊す理由もありませんのでね」

と、バルロは説明したが、国王に言わせれば、

(二階もあるし、部屋数も相当なものだぞ。どこが狭いのだ？)

ということになる。

「――従兄上《あにうえ》はご存じないと思いますが、当家の遠い親戚にエバートン公爵家があります。現在の公爵には娘が一人いて、二年前にラムゼイ男爵に嫁いだのですが、わずか半年で夫と死に別れて家に戻りました。未亡人とはいえまだ十八と若く、忘れ形見を宿していたわけでもない。このまま朽《く》ちさせるのはあまりに忍びない。エバートン公は、喪も明けたことだし、夫のことはそろそろ忘れて、新しい人生を生きてはどうかと、それとなく娘を諭《さと》したそうですが、本人が頑《がん》として首を縦に振らないというのです。一度ラムゼイの妻となったからには一生、亡き夫に仕えて過ごすと、それが淑女の道だろうと」

国王はちょっと首を傾《かし》げた。

「サヴォア一門の家ならほとんど知っているつもりだったが、エバートンというのは初耳だな？」

「ご存じないのも当然です。あなたの高祖父に当たる方が叙《じょ》したのですが、すぐに家が傾きましてね。今では名ばかりの、典型的な没落貴族です」

戦乱の時代には、功績のあった臣下を讃《たた》えるため、爵位を授けることがよくあった。

褒美《ほうび》として領地を与えるほうが家来も喜ぶのだが、あまり気前よく分け与えたのでは王家の領地がなくなってしまう。そこで爵位という栄誉《えいよ》を与えて臣下

をねぎらったのだ。

「何と言っても一人娘ですから、婿《むこ》を取らないことには家が絶えてしまう。エバートン公はそれを恐れているんですな」

「しかし、一度は嫁に出したのだろう？」

「子どもが生まれたら、特に男子がですが、エバートン家に養子に出すと、話が決まっていたようです。男爵にはもう跡取りがいたので」

国王は嘆息《たんそく》した。

家を存続させることが第一の貴族には珍しい話ではない。むしろ、やむを得ない処置ともいえるが、あまり気持ちのいい話でないのも確かだった。

「跡取りがいたということは後妻だろう。未亡人は――いや、当時のエバートン嬢は、望んでラムゼイ男爵に嫁いだのだろうか？」

「彼女も公爵家の女性です。覚悟した上のことだと思います。それに、完全な政略結婚だったとはいえ、今だに喪に服しているということは、夫との生活は幸せだったのでしょう」

「そういうことなら時間が解決してくれるはずだ。今は悲しみのどん底でも、十八歳の若さならば傷が癒えるのも早いと思う。エバートン公爵がいささか性急すぎるのではないか？」

「俺もそう言ったのです。夫が亡くなってまだ一年あまりですからね。もうしばらく待ってみれば考えも変わるのではないかと。ですが、エバートン公はそこまでのんきに構えてはいられないらしい。このままでは娘は一生を棒に振ってしまう、何とか娘を説得してほしいというのです」

国王は驚いた。

「従弟《いとこ》どの。もしや、俺が未亡人を説得するのか？」

「そうです」

「なぜだ？　従弟《いとこ》どののほうが遥《はる》かに適任だろうに」

二人は馬で来ていたが、バルロは馬上から呆れたような眼を国王に向けた。

「公爵である実の父親の言うことすら聞かない未亡人ですぞ。俺も同格の公爵です。あの未亡人の心を動かすには、父親より目上の人物から言い聞かせる必要があるんです。――この国で公爵以上の人物と言ったら誰です？」

国王は観念して天を仰《あお》いだ。

「……俺か」

「あなたです」

門扉は開いていたので、二人は騎乗のまま敷地の中に入った。

庭で待っていた従僕が駆け寄ってくる。

馬を預けて、国王は従弟《いとこ》に続いて玄関をくぐった。

今は使われていないそうだが、清掃は行き届いて、廊下には花も飾られている。

これはバルロが指示したものらしい。

「少しでも未亡人の慰《なぐさ》めになればと思いましてね」

家の奥から中年の女が小走りに出てきて、二人に深々と頭を下げた。

エバートン家から、未亡人と一緒に来た乳母《うば》だという。

乳母は涙を流さんばかりにして、国王とバルロに礼を言った。

「このたびは当家のお嬢さまのために、ありがとうございます。旦那さまからも、くれぐれも陛下と公爵さまに御礼を申しあげるようにと、言いつかって参りました。ご尽力《じんりょく》に心から感謝致します」

「エバートン公は来ていないのか？」

これは意外だった。

ウォル・グリークは未《いま》だに地方貴族そのままの純朴な性分だったが、同時に、今の自分の地位に――王冠に、人が目の色を変えることをいやというほど知っている。

名ばかりの没落貴族ならば、これを機会に国王に目通りを――と考えるのは当然である。出てこないほうがおかしいのだ。

バルロが言った。

「俺が止めたのです。父親が側にいたのでは未亡人も率直な気持ちを語れないでしょう。まずは未亡人一人で、従兄上《あにうえ》と話してもらおうと思ったのです」

乳母の案内で、並んで廊下を進みながら、バルロは国王に悪戯《いたずら》っぽく笑ってみせた。

「俺の予想では、未亡人は少し頑《かたく》なになっているだけなので、あなたが一言、これ以上亡夫につくす必要はどこにもない、そんな空《むな》しいことは亡夫も喜ばないと言ってやれば、それで納得すると思います」

難《むずか》しい役目を割り振ってくれるものだ。

女心にはまったく疎い自覚のある国王は、そんな『大役』がはたして自分に務まるのか、戦々恐々としながら、乳母とバルロに続いて部屋に入った。

鷹狩りの別邸にしては豪華な部屋だった。

さすがはサヴォア公爵家というべきだろう。

正面は一面、硝子張りになっていて、美しい庭を楽しめるようになっている。

未亡人は庭を背にして椅子に腰を下ろしていたが、国王とバルロの姿を見ると、静かに立ち上がった。

しとやかに跪いて名乗る。

「ペイシェンス・ラムゼイでございます」

従弟《いとこ》がなぜ、この人の救済に熱心になったのか、国王にはわかる気がした。

思わず眼を見張ったほど美しい人だった。

十八歳というが、十五、六の少女にも見える。

言われなければ、結婚の経験があるとは誰も思わないだろう。大きな青い眼をして、金髪《きんぱつ》を地味な髪型に編み上げている。華奢《きゃしゃ》な身体つきで、化粧気はないのに、透き通るような白い肌は陶器《とうき》のような光沢を放ち、質素な喪服がその肌の白さをさらに際立《きわだ》たせている。

生きた人形のような美しさだった。

バルロが簡単に国王を紹介して、わざとらしく一礼した。

「では後はお任せ致します。従兄上《あにうえ》、ごゆっくり」

国王が（殺生な！）と眼で訴《うった》えるのを故意に無視

して、バルロも乳母も部屋から出て行ってしまった。

天を仰いだ国王に、未亡人が話しかけてくる。

「どうぞ。お召しあがりください」

円卓の上に酒の用意がしてあった。

酒瓶《さかびん》から卓上用の硝子瓶に移し替えてある。

硝子越しにも鮮やかな赤い酒を、未亡人は酒杯に注《そそ》ぎ、国王に勧めてきたが、国王は困ったように首を振った。

「結構です。それより用件を先に済ませましょう」

ですから、まずは座ってください——と続けようとしたが、ラムゼイ未亡人は再びその場に跪いた。

「恐悦至極《きょうえつしごく》に存じます、陛下。ふつつか者ではありますが、精いっぱい努めさせていただきます」

「はて？」

首を捻った国王だった。

努めると言われても、何も心当たりがない。

「あなたに頼みごとをした覚えはないのだが、何をされようと言うのかな？」

「今後とも、どうぞよろしくお願い申しあげます」

「ですから何を？」

「…………」

「…………」

椅子に座った国王と床に跪いた未亡人は、困惑の表情で見つめ合った。

「とにかく、まずは座ってください」

未亡人がのろのろと立ち上がり、言われた通りにする。

国王の前だから緊張しているのか、じっと身体を硬くしている未亡人に、ウォル・グリークは本当に困ってしまった。

自分で言うのも何だが、場違いもいいところだ。

海千山千の、時には二枚舌を駆使する、一筋縄ではいかない狸《たぬき》ぶりを発揮する各国大使の相手のほうが遥かに楽だと思いながら、なるべく優しい口調で、穏やかに話しかけた。

「あなたの事情は従弟《いとこ》から聞きました。未だに夫に操《みさお》を立てようというお心はたいへんご立派ですが、ご夫君もそんなことは喜ばないはずです」

「……はい」

「ご夫君のことはまことにお気の毒だった。しかし、お父上も言ったと思うが、あなたはまだお若いのだ。これからいくらでも新しい人生を歩むことができる。前を向くことは、亡くなった人に対する裏切りなどではありません。何も恐れる必要はない。あなたが幸せになることを、ご夫君もきっと望むはずです」

「……はい」

「……？」

首を捻った国王だった。

至って従順な態度だが、今の言葉でこの人の心を変えることができたのかと疑っていると、未亡人は椅子から立ち上がって、再び跪き、顔を伏せたまま淡々と言ったのである。

「ご懇篤《こんとく》なお言葉を賜《たまわ》り、ありがたく存じます。わたくしは心から陛下にお仕え致します」

「……はい？」

今度は国王の口から間抜けな声が出てしまった。

「失礼だが、未亡人。俺に仕えるとはどういう意味です？」

「サヴォア公爵さまからは、しばらくこの屋敷に滞在するようにと仰《おお》せつかっておりますが、よろしいでしょうか」

「ラムゼイ未亡人」

ウォルは苦笑半分、呆れ半分、ただし、その感情を表には出すまいと、かなりの努力をして質問した。

「これはどうも、俺の知らないところで勝手に話が進んでいるらしい。お尋ねしますが、俺はあなたに何を頼んだのです？」

未亡人は驚いたように顔を上げた。

おずおずと尋ねてくる。

「……陛下は何も、ご存じない？」

「知りません」

「……わたくしは、父の言いつけで参りました」

「それは聞いています。あなたが亡夫を忘れかねて、未だに喪服を脱ごうとしないので、少しは気持ちを切り替えるように説得してくれと。俺は従弟《いとこ》にそう頼まれたが、あなたは父上から何を言われて、この家に来たのかな？」

未亡人は呆気にとられながら、小さな声で言ったのである。

「陛下がわたくしを、愛妾に望んでいると。この上なく名誉なお話だから、お受けするようにと……」

仰天《ぎょうてん》していると、家の外で騒ぎが起きた。

この時、王妃もこの家に来ていた。

イヴンとバルロの『悪巧《わるだく》み』を聞いていたので、相手がどんな女性か確かめようと思ったのだ。

昨日はイヴンと国王がいつ外出したのか気づかなかったが、今日のバルロと国王は馬で出かけたので、後をつけるのも楽だった。

二人が家の中に入っていったと思ったら、すぐにバルロが玄関から出てきて、従僕から馬を受け取り、国王を置いて先に一人で帰ってしまった。

これには王妃もちょっと驚いた。

大胆《だいたん》なことをするものである。

しかし、この家には馬を渡した従僕の他にも男の使用人がいる。

他に女の召使いもいるようだから、自分が帰っても問題はないとバルロは判断したのだろう。

むしろ、女性を口説《くど》く時に、すぐ側で身内が眼を光らせていたのでは、口説くものも口説けない。

王妃は正面から家に入るようなことはしなかった。

難なく塀《へい》を乗り越えて、音もたてずに庭を進んだ。

そうして木陰から、家の中の国王と、国王の目の前で跪いている女性を確認した。

きれいな人だと思った。まだほんの少女のように見えるが、あれで未亡人とはお気の毒に——と同情もした。

国王は床に蹲《うずくま》った未亡人を何とか椅子に座らせ

ようと苦心しているようで、王妃はくすりと笑った。

（陽が暮れなきゃいいけどな……）

そんな薄情なことを考えながら引き返して、再び塀を越えて飛び降りたら、ちょうどそこにいた人と出くわしたのだ。
二十六、七歳くらいの男性だった。
貴族ではない。が、単なる市民ではない。王妃も服飾にはまったく縁がない人だが、その王妃が一目で（高そうな服）と判断したくらいには立派な服装だった。裕福な商家の二代目かと思ったが、それにしては顔立ちに凜々しさがある。

自分の力で世の中を渡っている男の顔だった。

一方、男性は塀を乗り越えて出てきた王妃を見て、警戒《けいかい》の表情を浮かべて身構えた。当然だ。

普通、人は塀から家に出入りはしない。泥棒かと疑ったのだろうが、それにしては態度が堂々としすぎている。

まったく臆《おく》することなく、興味深げに、正面から自分を見つめてくる王妃をどう思ったのか、男性は警戒しながらも尋ねてきた。

「……きみは、この家の者か？」

「違うけど、持ち主の知り合い。――お兄さんは？ここに用があるの？」

「ここにペイシェンス・エバートンがいるはずだ」

「若い未亡人のこと？　それならさっき中で見たよ。おれはリィ。お兄さんは？」

「マーロン・セルダ」

答えて、マーロンは思い切ったように尋ねてきた。

「きみは……彼女の相手を知っているかい？」

王妃は見た目こそ（着飾って黙ってさえいれば）絶世の美女だが、こと恋愛事情に関しては国王同様、極端に疎い人である。

しかし、その王妃にも今のマーロンの表情、彼の眼に宿る光は見間違いようがなかった。

彼の心には、ただ一人と思い定めた相手が住んでいる。その人の身を心から案じている。

王妃は少し考えて、単刀直入に訊いた。

「マーロンは未亡人が好きなの？」

見知らぬ相手に突然こんなことを尋ねられても、マーロンはたじろがなかった。大きく頷いた。

「ああ。結婚を申し込んだ」

「未亡人も？　マーロンを好きなのかな？」

マーロンは再び、しっかりと頷いたのである。

「ぼくはそう信じている。彼女の気持ちは変わっていないと。――それを確かめたくて来たんだ」

王妃はちょっと首を傾げて、とびきり可愛らしい声で言った。

「それじゃあ、一芝居《ひとしばい》、打ってみる？」

乳母の悲鳴に驚いて、国王は部屋を飛び出した。

玄関のほうで何やら騒ぎが起きている。

そんなに広くない家だから、あっという間に駆けつけると、王妃が若い男を押さえつけていた。

「リィ！　何をしている？」

「怪《あや》しい奴がこの屋敷の周りをうろうろしてたから捕まえた。どうやら未亡人狙いらしい」

「離せ！　離してくれ！」

男は懸命《けんめい》にもがいているが、相手は勝利の女神と称《しょう》されるデルフィニアの妃将軍である。

片手で難なく押さえこまれ、身動きもできない。

傍らで乳母は真っ青になっているし、駆けつけた従僕たちも困惑顔だ。

そこに新たな声がかかった。

「陛下」

ラムゼイ未亡人だった。

王の後を追ってわざわざ部屋から出てきて、床に押さえつけられた男と国王の間に割って入ったのだ。

「……この人はわたくしとは何の関係もありません。このままご放免《ほうめん》ください」

王妃が訊いた。

「知ってる人？」

「……昔の使用人です。何年も前に解雇《かいこ》しました」

男が苦しい姿勢で叫ぶ。

「パティ！　なぜだ！」

「そんな名前で呼ばないでください。わたくしは、ラムゼイの未亡人です」

「エバートン公爵は、きみがぼくの求婚を断ったと言った！　だけど、きみの意思じゃないだろう！」

「いいえ。わたくしの意思です。使用人と結婚など、できるわけがありません」

「ぼくはもう使用人じゃない！　事業が成功して、幸い財産を築くことができた。今ならきみの家を立て直すこともできるんだ。公爵にもそれは説明してある！　言ってくれ！　他に何が問題なんだ！」

未亡人は初めて振り返り、男を見下ろして言った。

「あなたが庶民で、わたくしが貴族だからです。他に理由が必要ですか」

本人は精いっぱい冷たく突き放して言ったつもりだろうが、眼は口ほどに物を言いとはよくぞ言ったものだ。

血の気を失った顔をしながらも、この男のことを気に掛けているのが手に取るようにわかる。震える声に滲《にじ》むのも、男の安否《あんぴ》を気遣う思いだけだ。

国王は呆気にとられて王妃に尋ねたのである。

「……どうなっている？」

「おれに訊かれても困る。おまえの知らない事情がいろいろあるみたいだぞ」

王妃は言って、捕まえた男に普通に話しかけた。

「マーロン。話をそらして悪い。素朴《そぼく》な疑問なんだけど、財産ってそう簡単にできるものなのか？」

国王も頷いた。

「俺もそこが気になった。従弟《いとこ》どのの話ではエバートン家の財政は相当に逼迫《ひっぱく》しているらしい。それを立て直すとなると、かなりの財力がないと難しいぞ。以前は使用人だったということだが――失礼だが、お仕事は何をされているのかな？」

これまた、押さえつけられた男に向かって普通に話しかけるので、未亡人は戸惑《とまど》った。

マーロンも驚いて国王を見上げている。

王妃が言った。

「彼はマーロン・セルダ。未亡人の恋人らしい」

「ほう？」

未亡人が青ざめた顔で必死に叫ぶ。

「違います！　こんな人は知りません！」

とんだ愁嘆場《しゅうたんば》だが、王妃はようやく押さえつけていた手を離してやり、急いで立ち上がった男に、苦笑して言った。

「マーロン。もういっぺん自己紹介すると、おれの長い名前はグリンディエタ・ラーデンっていうんだ。で、こっちの大きいのがウォル・グリーク・ロウ・デルフィン。一応、おれの夫」

マーロンは息を呑んだ。

呆気にとられて王妃を見つめ、まじまじと国王を見つめた彼の顔から一気に血の気が引いた。

蒼白《そうはく》になりながら即座にその場に跪こうとしたが、王妃がやめさせた。

「昔は使用人だったって？」

あらたまった口調でマーロンが答える。

「……はい。十五の時からエバートン家に勤めていました」

「それじゃあ未亡人のことも子どもの頃から知ってるんだ」

「はい。もともと父がエバートン家の使用人でした。五年前、父とわたしは暇を出されたのです」

「お父さんは元気？」

「いいえ。昨年、亡くなりました」

マーロンが緊張のあまり棒のように硬直していること以外は、まるで普通の世間話である。

ここで未亡人が再び蒼白な顔で割り込んできた。

「──妃殿下。どうか、お願い致します。この人は身の程を知らない考え違いをしているだけなのです。なにとぞ、ご放念くださいませ。わたくしは心から陛下にお仕え致します」

「パティがそうしたいんなら、おれは止めないよ」

　自分を愛称で呼ぶ王妃に未亡人は眼を見張ったが、王妃は真顔で続けたのだ。

「だけど、おれみたいな恋愛音痴《おんち》が見ても、一目でわかるよ。パティが好きなのはウォルじゃなくて、マーロンだろう？」

「俺もそう思う」

　国王が真顔で頷く。

　王妃は続けて未亡人に言った。

「怪しい奴っていうのは、ただのお芝居だから気にしなくていいよ。本当に捕まえたわけじゃなくて、パティの気持ちを確かめたくてやっただけだから」

　マーロンにしてみれば、芝居どころではない。

　いきなり首をがしっと固められて身動きもできず、そのまま力ずくで玄関まで引きずりこまれたのだ。

　恐ろしい馬鹿力の少年だと思ったら、実は女で、しかも何と王妃だという。

　青ざめて冷や汗を掻いているマーロンに、王妃は再び問いかけた。

「五年前まで使用人だったのに、今は公爵家を立て直すほどお金を持っているって、ウォルの台詞《せりふ》じゃないけど、マーロンは何の仕事をしてるんだ？」

「宝石商です」

「どういう種類の？　できあがった商品を売る人？　それとも首飾りや指輪をつくる人？」

「どちらも手がけておりますが、自分は主に原石を扱っております。幸いにも、良質の鉱脈を見つけることができましたので……」

　国王がこれまた真顔で言う。

「なるほど。まさに一山当てたわけだな」

「はい」

「未亡人とはいつから恋仲なのだ？」

「屋敷を出される時、必ず彼女を迎えにくると約束しました。――再会したのはつい先日です」

　ペイシェンスは当時まだ十三歳だった。

　一方のマーロンは成人だったが、ペイシェンスはもっと小さな子どもの頃からひたむきにマーロンを慕《した》っていた。マーロンが家からいなくなってもその気持ちに変わりはなかったが、父親の命令には逆らえず、十六歳でラムゼイ男爵に嫁いだのだ。

「彼女が結婚した時、ぼくはこの国にいませんでした。そのことをどれだけ悔《く》やんだかわかりません。ですから今の名前で彼女を呼びたくはないのです」

強張《こわば》った顔で答えて、マーロンは国王に問いかけた。

「……彼女を側室になさるおつもりですか?」

否定しようとしたウォルだったが、ふと思い直し、あえて尋ねてみた。

「俺がラムゼイ未亡人を譲らないと言ったら、どうするのだ。諦《あきら》めるのか」

マーロンは厳《きび》しい表情になりながらも、はっきりと言った。

「いいえ。——たとえ相手が国王陛下であっても、諦めることはできません」

再び未亡人が顔色を変えて割り込んだ。

「何を言うのです! 身の程をわきまえなさい! どんな重大な罪になるか、わかっているのですか! 陛下の寛大《かんだい》なお心に感謝して、今すぐここから出て行くのです! 早く!」

王妃がちょっと眼を丸くする。

「パティは何をそんなに怖《こわ》がってるんだ?」

未亡人は蒼白な顔で王妃を見て、深々と一礼した。

「……暇を取らせたとはいえ、昔の当家の使用人の無礼を、どうかお許しください」

国王が困ったように未亡人に話しかけた。

「ラムゼイ未亡人。俺がマーロンに何かするのではないかと案じているのなら、そんな心配は無用だ。あなたは俺とは何の関係もないのだし、マーロンと思いあっているというのなら、遠慮《えんりょ》することはない。晴れて夫婦となればよいではないか」

他ならぬ国王に結婚を後押しされて、マーロンは驚くと同時に大いに力を得たらしい。

顔を輝かせて未亡人を見た。

　だが、未亡人はあくまでも頑なに首を振る。

「いいえ、いけません。庶民と結婚などできません」

「それは誰に言われたの？」

　王妃の問いは核心を突いたようだった。

　未亡人は息を呑んで王妃を見つめ、王妃は遠慮とは無縁の性格なので、さらにずばりと切り込んだ。

「さっきからどうも変だと思ってたんだ。パティは一生懸命マーロンをここから逃がそうとしてるよね。ウォルの愛妾になれって誰かに言われた。それだけじゃない。言うことを聞かないと、マーロンの命は保証しないって脅《おど》されたんじゃないか？」

　今度は顔色を変えるのはマーロンの番だった。

　王妃の指摘《してき》が正しいことは、未亡人の様子を見れば、一目瞭然《いちもくりょうぜん》である。

　国王が苦い顔になって未亡人を問い質《とただ》した。

「あなたにそんなことを言ったのはエバートン公爵か？」

　未亡人は血の気の失せた顔で立ちつくしている。

　ウォル・グリークはここでバルロが言った、公爵以上の身分を最大限に利用することにした。

「ラムゼイ未亡人。国王としてあなたに問う。正直に答えてもらおう。エバートン公爵はあなたに何と言ったのだ？」

　この瞬間、まさに彼女にとって、父親より国王の命令が上回った。

　ほとんど喘《あえ》ぎながら、震える声で答えた。

「……これからは、陛下にお仕えするようにと言われました。そうすれば、陛下の元へ参るのであれば、マーロンには……命を許してやると」

　愛する人が生きていてさえくれればいい。

　それだけを胸に、未亡人は人身御供《ひとみごくう》になる悲壮な覚悟を決めてここへ来たのだ。

「パティ……」

　マーロンは安堵《あんど》と憐憫《れんびん》と憤《いきどお》りの入り交じった、それ以上に未亡人に対する深い愛情を込めた表情で言ったのである。

「大丈夫だ。公爵には何もできはしないよ。ぼくは今マランタを拠点《きょてん》に仕事をしているんだ。トレニア湾にぼくの船を待たせてある。きみさえ承諾《しょうだく》してくれるならこのままマランタへ行こう。ぼくたちがデルフィニアを出てしまえば、いくら公爵でも手は出せない」

未亡人は大きく胸を上下させていた。

青い眼をこの上なく美しく輝かせ、信じられない様子で男を見上げながら、まだ迷っていた。

ちらっとウォルを見たのは、本当にそんなことをして許されるのかと案じたのだろう。

王妃が呆れたように言った。

「そんなにこの王さまが信用できないか？」

「いいえ！　滅相もございません……」

「そんなふうには見えないなあ」

納得していない表情で王妃は言い、片手の親指で夫を指した。

「もしかして、お父さんはこの王さまのことも何か言ったのか。女好きだとか、すごく執念深《しゅうねんぶか》いとか、目をつけた女を奪われたら逆上して、地の果てまで追っ手を差し向けてマーロンを殺すに違いないとか、デルフィニアの国王を敵に回して、あの男が無事でいられると思うのかとか……」

公爵の悪逆ぶりを強調するために、王妃は適当にひどい項目を並べたのだが、蒼白になった未亡人の顔色を見るに、あながち外れてもいないらしい。

「冗談ではないぞ」

ますます苦い顔で言ったウォルだった。

「俺には愛し合う若者たちを無闇に引《ひ》き裂《さ》くような、質《たち》の悪い趣味はない。もしエバートン公爵がそんなことを言ったとしたら、それこそ不敬罪だ。人を侮辱するにもほどがある」

「ただの『人を』じゃないぞ。『国王を』だ」

王妃が訂正して、夫に進言した。

「そうとも。おまえは国王なんだから、この二人の結婚を認めてやったらどうだ？」

「よい考えだ。俺もそう思っていた。正式な結婚は後ほどオーリゴ神殿で行うとして、今は国王権限で俺が一時的に大神官の代わりを務めることにしよう。オーリゴ神の代理はおまえだからな、リィ」

王妃が眼を丸くする。

「おれが？」

「適役ではないか。勝利の女神が代理をするのなら、オーリゴ神も許してくれるだろう」

「この王さまは案外無茶を言うもんだ。まあ、式の立会人というか、見届け役は必要だもんな」

あっさり納得して、王妃は訊いた。

「二人とも、それでいい？」

マーロンも未亡人も呆気にとられていた。

何が起きているのか理解できず、返事もできない二人に、王妃が根気強く尋ねる。

「いいかな？」

二人とも慌てて、ものすごい勢いで頷いた。

善は急げとばかりに、国王はマーロンと未亡人を並んで立たせ、自分はその正面に立っておもむろに宣言したのである。

「マーロン・セルダ。ペイシェンス・ラムゼイ。俺ウォル・グリークは国王として両人の結婚をここに承認する。異議のある者は申し出ろ」

間髪を入れずに王妃が断言した。

「異議なし」

国王は一人で王宮に戻ってきた。

外はまだ明るかったので、執務室で仕事の続きにとりかかろうとしたところ、バルロが入って来た。

何やら、わくわくした顔つきである。

「いかがでした。従兄上《あにうえ》？」

椅子に座った国王は、従弟《いとこ》を見つめて苦笑した。

「従弟《いとこ》どのにしては手抜かりだな。未亡人には男がいたぞ」

バルロは片方の眉を吊《つ》り上《あ》げて抗議した。

「知っていたら無論、従兄上《あにうえ》に引き合わせたりなどしません。それは俺の手抜かりではなく、エバートン公の不手際です。娘の交友関係すら把握《はあく》できないとは情けない……」

「エバートン公は知っていたのだ」

「……何ですと？」

「男が元は家の使用人で、貴族ではないからという理由で反対したらしい。男は今では事業で成功して、未亡人に何不自由ない暮らしをさせてやれるだけの財産を築いたというのにな。使用人だった当時から未亡人ひとすじで、公爵への充分な進物も整えて、礼儀《れいぎ》正しく彼女との結婚を申し込んだのに、公爵はけんもほろろにはねつけたそうだ。そこに偶然にも従弟《いとこ》どのが『娘を国王に』という話を持ち込んだものだから、公爵の天秤《てんびん》は一気に俺に傾いたのだな」

富豪の元使用人と国王。

両者を秤《はかり》に掛けた時、どちらを取るか、エバートン公爵にとっては決まりきっている。

「未亡人は心からその男を愛しているのに、俺から見ても立派な人物なのに、公爵はあくまで自分の物差しにこだわったのだ。元使用人ごときに娘をくれてやれるものかと。その気持ちはわからんでもない。公爵家にとって、身分違いの結婚は大きな問題だ。そう簡単に許すことはできんと思っても無理はない。そこまでなら公爵の頑なな態度にも、多少は同情の余地があるのだが、その後がいかん。この父親はこともあろうに、自分の命令に逆らったら男を殺すと娘を脅して、俺の愛妾になることを承諾させたというのだぞ。実にけしからん」

憤っているのは国王だけではない。

こんな卑劣《ひれつ》なやり口はバルロが何より嫌うものだ。サヴォア公爵は表情一つ変えずに、ただ腰の剣に手を添えて、静かな口調で言ったのである。

「従兄上《あにうえ》。その恥知《はじし》らずを斬り捨てる許可をいただきたい」

「まあ、待て。そんな物騒なことをする必要はない。未亡人――いや、セルダ夫人は夫と一緒に今日にも国を出るそうだ。父親の元には二度と戻るつもりはないと言っている」

「それはよかった」

バルロの顔に微笑が広がった。

彼はすぐに真顔になり、深々と頭を下げてきた。

「あらためてお詫《わ》びします。俺はエバートンの卑《いや》しい性根を知っていました。あの男にとって、財産といえるものはもう、あの一人娘だけだったのです。なるべく高く売りつけようとしていることはわかっていましたが、彼女が哀れでしてね。従兄上《あにうえ》ならばあの男も文句のつけようがありませんし、従兄上《あにうえ》のような方の側にいたほうが、彼女にとっても幸せな人生ではないかと思ったのです。お許しください」

国王は笑って首を振った。

「従弟《いとこ》どのが詫びる必要はない。彼女は今、愛する夫と一緒にいる。幸せになるだろうよ」

その頃、王妃は二人を船まで送り届けていた。

生きた人形さながらだった未亡人はまるで別人のようになっていた。

頬は鮮やかな薔薇色に輝き、歩きぶりも仕草も潑《はつ》剌《らつ》として、青い眼は星のように煌めいて愛する人を見つめている。

王妃は船着き場で二人が船に乗るのを見届けたが、その際、マーロンは部下に預けていた平《ひら》たい箱を王妃に差し出した。

「妃殿下。これをお受け取りください」

天鵞絨《ビロード》張りに銀の金具のついた立派な箱だ。

この箱だけでもかなりの高級品だが、王妃は無造《むぞう》作《さ》に受け取って蓋を開けた。

中には実に見事な首飾りが収まっていた。

細く編んだ金の鎖に乳白色の宝石を無数に絡《から》めてある。意匠《デザイン》もさることながら、宝石の美しさが眼を引いた。真珠のような光沢がありながら、半透明で、陽光にかざすと、石の奥に鮮やかな濃い七色が揺《ゆ》らめきながら光り輝く。まるで虹を閉じ込めたようで、宝石には興味のない王妃も感心した。

「宝石って、大きければ大きいほど価値があるって聞いたんだけど、これはあんまり大きくないんだな。——でも、きれいだ」

「はい。この石は何より色の美しさが重視されます。一つ一つ、模様の出方と虹色の濃さが違いますので。これほど虹の色合いが強く出る石を、これだけの数揃《そろ》えることは非常に困難でもあります」

「それじゃあ、高いのかな？」

マーロンは真顔で頷いた。

「一国の元首の身代金にもなる品だと自負しております。パティとの結婚を許してもらえたら、エバートン公爵に献上《けんじょう》するつもりでした。公爵の宝物をもらい受けるのですから、今の自分が持つ最上のものを捧げなくてはと思ったのです。ですから、妃殿下にこそ受け取っていただきたく存じます。お納めください」

宝物を手にして、王妃は苦笑した。

「これ、もらったからにはどうしようと、おれの自由だよな」

「無論のことでございます」

「じゃあ、パティにあげる」

「えっ⁉」

「妃殿下……！」

夫妻は仰天したが、王妃は笑って、その貴重な箱を新妻に差し出したのだ。

「はい。おれからの結婚祝い。パティによく似合いそうだ。おれはこういうのはつけないから。この石だって似合う人につけてもらったほうが喜ぶよ」

ラムゼイ未亡人あらためペイシェンス・セルダは、震える手でその箱を受け取ると、ただちにその場に跪き、涙に濡《ぬ》れた眼で王妃を見上げて言った。

「ありがとうございます、妃殿下。国王陛下にも、心から感謝致します。ご恩は決して忘れません」

マーロンも深々と頭を下げた。

「妃殿下にも陛下にも、どれだけ御礼を申しあげても足りません。国を離れても、わたしたちはいつまでも忠実な臣民の一人であることを誓《ちか》います」

「いいよ。間に合って本当によかった。お幸せに」

王妃は二人の船出を見届けた後、踵《きびす》を返した。

出港した船の甲板では若い夫婦がいつまでも名残惜しげに遠ざかる陸地を見つめ、奇跡のような国王夫妻について語り合っていた。


後日、国王はダーシャの家に赴《おもむ》き、従弟《いとこ》の助言《アドバイス》を忠実に実行したのである。

「今ここであなたの客になるのを断るのと、決まり通り七回通った後で断るのと、どちらが不都合がないだろうか？」

バルロが聞いたら床に倒れ込んだに違いない。

ペンタスの長い歴史の中でもこんな馬鹿な台詞を、しかも大真面目に花蘭に吐《は》いた男はまず一人もいなかったはずだ。

ダーシャもさすがに眼を見張っている。

その表情に怒りはなかった。ただ、困惑を示して、淡々とした口調で言った。

「どちらもたいへん不都合がございます、陛下」

「やはり、そうか……」

国王も困ったように嘆息している。

ダーシャは賢明《けんめい》だった。この国王には懇願も泣き落としも通用しない。むしろ無駄だと見切って、単刀直入に質問した。

「わたくしでは、陛下のお眼鏡にはかないませんのでしょうか？」

「いや、そんな罰当たりを言うつもりは毛頭ない。あなたは俺が今まで見たご婦人の中でも、際だって美しく魅力的だ」

国王の賞賛の言葉に嘘偽《うそいつわ》りはなかった。今日のダーシャは淡い水色の衣裳を着ている。化粧も薄く、先日とはがらりと印象が違っている。先日の彼女が艶《あで》やかな深紅の薔薇なら、今は清楚な百合のようで、その変化にも国王は感心していた。

「あなたは男の好みを見抜いて合わすことができる賢い人だ。率直に言って、一度お相手をするのは全然かまわん。いっそこちらからお願いしたいくらいではあるが……」

あけすけに言って、国王はダーシャを見つめた。

「愛妾にするのは、少し違う」

「……そこまでを望むのは、厚かましゅうございますか？」

「逆にお尋ねしたい。あなたの望みは何なのだ？」

娼妓に向かってこんな馬鹿げた質問をする国王もまずいないだろう。

バルロが言ったように、国王に寵愛されることを望まない女など——それも玄人の女などいるわけがないのだが、国王には何か疑念があるようだった。

「俺も国王という面倒な地位について長い。だからわかるのだが、女性たちが王冠に対して望むものは財力と権力だ。あなたは金銭的に不自由している様子がない。ならば権力だが、国王の愛妾が望む権力とは通常、王宮で貴婦人たちを従えて話題の中心になり、宮廷に君臨し、貴族たちに対する影響力を発揮することだと思う。——俺には今のところ一人の愛妾もいないから、あくまで推測だが、そうした権力をあなたが望むとは、いささか考えにくいのだ。国王の寵愛を得て何をしたいのかな？」

ダーシャはまた黒い眼を見張っていたが、そっと微笑した。

慈愛《じあい》とも賞賛ともつかない不思議な眼差しで国王を見つめ、見当違いのことを尋ねてきた。

「妃殿下はどんな方ですか？」

およそ妻帯者が遊女に訊かれて、もっとも答えにくい質問の一つだろうが、国王は笑って言った。

「俺にとって、もっとも美しいものです。ただし、女ではありませんが」

「……は？」

思わず眼を見張ったダーシャだった。

ペンタスで花蘭まで勤めた女が、意表を突かれた顔を晒《さら》すなど、たいへんな屈辱《くつじょく》である。

　自分の声、表情、仕草が常に人からどう見られているかを意識して、完璧に制御する訓練を積んだ彼女が、今は呆気にとられていた。

　ダーシャを驚かせてしまったことに気づいて、国王は笑って首を振った。

「いや、誤解のなきように。見た目はどこから見ても女です。——これを言うと怒られますが。しかし、俺と王妃は実際には夫婦ではなく同盟者というのが正しいでしょうな」

　この言葉をダーシャがどう理解したかは謎だが、彼女はペンタスで長く活躍してきた女だ。

　国王の王妃に対する愛情が普通の夫婦のそれではないことも、ある意味、それ以上に強いものであることも理解したに違いない。

　国王を見つめて嫣然《えんぜん》と微笑んだ。

「わたくしのようなものが、このようなことを望んだのでは、妃殿下のご不興を買うかもしれませんが……一度お目に掛かってみとうございます」

　二人は先日と同じく、奥の庭を見渡せるテラスに座っていた。

　このテラスには日よけの屋根があるが、何とその屋根から、逆さまになった王妃の顔がひょっこりと飛び出した。

「買わないよ」

　ダーシャが悲鳴をあげなかったのはさすがと言うほかない。一方、国王は呆れて言った。

「盗み聞きとは趣味が悪いぞ、リィ。第一、不法侵入だ」

　屋根からひらりと飛び降りて、王妃は笑った。

「顔だけ見て帰るつもりだったんだ。——よろしく、ダーシャ。おれはリィ」

　ダーシャはまだ青ざめた顔をしていたが、王妃を立たせて自分が座っているわけにはいかない。

　急いで立ち上がった。

「いいよ。座ってて」

「とんでもない。そのようなわけには参りません」

「家の人を立たせて話をするの？　そっちのほうがまずいよ」

困った王妃は室内に眼をやり、大きな肘掛《ひじか》け椅子を軽々と持ち上げてテラスまで運んできて、そこに腰を下ろした。

「これでいいかな？」

そう簡単に動かせるほど軽い椅子ではない。

それを知っているダーシャはまた眼を見張ったが、元通り座り直した。

その上で、王妃も端的に尋ねたのである。

「おれもこいつに同感。ダーシャは社交界の頂点に立ちたいわけじゃないよな。愛妾になって何がしたかったんだ？」

国王を『こいつ』呼ばわりする王妃も、ダーシャの豊富な経験の中で、あり得なかったに違いない。

それ以上にあり得ないのが王妃の身なりだった。

洗いざらしのシャツは二の腕がむき出しで、革の胴着とズボン、革靴ときては、知らない者の眼には猟師《りょうし》の少年としか映らないだろう。こんな格好をしている女性——しかも王妃を見ることになるとは思わなかったが、国王の言葉は嘘ではなかった。

その人の姿全体が眼を見張るほど鮮やかな生気と力に満ちている。特に宝石のように輝く緑の瞳は、こちらの心の奥底までを見通すようで、ダーシャは覚悟を決めて居住まいを正した。

「わたくしの、後《うし》ろ盾《だて》になっていただきたかったのです」

「後ろ盾？」

「はい。最初にお見えになった時、陛下は、ここは娼館かとお尋ねでしたが、そのとおりに致したいと思っております」

「つまり、ここで商売を始めたいと？」

「はい。単なる売色宿にするつもりはありません。ペンタスの歌姫とまではいかなくても、ある程度の教養と礼儀作法、世間一般の常識を身につけさせた女たちを扱いたいのです。そうすれば、このような仕事をしていても良家に嫁ぐこともできますから」

　国王が身を乗り出した。

「そういうことなら、ますます客になる必要はない。相談に応じよう。読み書きを覚えられるだけでも、女たちにとってはありがたいことだ」

　王妃が尋ねた。

「ダーシャも教育を受けた女の人なんだよね？」

「はい。わたくしは五歳でペンタスに入り、二十年あの街で暮らしました。ですから、若さだけを売り物にしていた女たちの末路もよく知っております」

「…………」

「もちろん、女たちの中には勉強などまっぴらだと、男たちと今の楽しい時間を過ごせればそれでいいと言う者もおります。そういう女たちは自分の好きに生きたのですから、最期も好きにすればいいと思いますが、少女たちの中にはもともと頭の働きもよく、学びたいという意欲もあるのに、機会を与えられず、哀れに生きるしかない者もいるのです」

　国王が尋ねた。

「あなたはその見分けができるのか？」

　唐突な質問に、ダーシャは少し首を傾げた。

「──と、おっしゃいますと？」

　この問いには王妃が答えた。

「若さを武器に、男たちに今ちやほやされていればいいっていう考えなしの女の子と、読み書きや計算、世の中のことをきちんと知りたいっていう女の子の区別ができるのかってことだよ」

　ダーシャは口元に笑みを浮かべたが、眼は笑っていなかった。ひたと国王と王妃を見つめて言った。

「デルフィニアの国王陛下、並びに妃殿下は、戦にかけては並ぶもののない達人だと承っております。比べるのもおこがましいですが、わたくしも、こと女に関しては熟練者だと自負しております」

「これは失礼した」

　国王は潔く詫び、王妃は別の質問をした。

「ここでそういう仕事をするのはおれも賛成だけど、いざっていう時、こいつの味方をしてくれる？」

無礼にも、握り拳の親指だけで夫を指す型破りの王妃に、ダーシャは今度は楽しげに微笑んだ。

「わたくしの後ろ盾になっていただけるのでしたら、喜んで陛下に忠誠を誓います。無論、妃殿下にも」

そうして形をあらため、真摯な口調で続けた。

「色町で生きてきた女は二枚舌を駆使するものだとお思いかもしれませんが、現世の闘神と勝利の女神に嘘を申すような度胸はわたくしにはありません」

「そんなことはない。充分、勇敢だと思うよ」

「俺もそう思う」

真顔で妻の意見に同意し、国王は眼の前の美しい人に笑いかけた。

「さすがに国王公認の娼館という看板を掲《かか》げさせるわけにはいかんのだが、あなたがこの館でそういう仕事をしていることは、俺の心に留《と》めておく」

「おれもダーシャには愛妾より事業家が向いてると思うよ。ただ……一ついいかな？」

「何でしょう？」

ちょっと困ったように王妃は言った。

「ダーシャを否定するつもりはないんだ。それでも——勉強はしたくても、そういう仕事はいやだっていう女の子もいるんじゃないか？」

意外にも、ダーシャは不快に感じた様子はなく、むしろ嬉しそうに微笑んだのである。

「心得ております。その場合は、読み書きのできる小間使いを育てることに専念しますわ」

国王が笑って言った。

「娼館ではなく、周旋業《しゅうせんぎょう》でもいいかもしれんな」

王妃も太鼓判を押した。

「きっと繁盛すると思うよ」

その言葉どおり『ダーシャの家』は一風変わった娼館として、粋人たちに贔屓されるようになる。

ここで働く女たちは娼妓はもちろん、小間使いの少女たちまで高い評判を取り、ぜひうちの嫁にと、文字通り引く手数多《あまた》の状態となるのだった。

　国王と王妃が帰った後、イヴンがダーシャの家を訪れた。居間に通されても、彼は椅子には座らず、応対に出たダーシャに立ったまま尋ねたのである。

「どうだい、うちの王さまは？」

「恐ろしい方ですね。ペンタスの女の天敵です」

　真顔で告げたダーシャに、イヴンは肩をすくめた。

「やっぱりか」

「まあ、ひどい方。わたくしを試されましたか？」

　意図的に、少し非難する口調で言ったダーシャに、イヴンは笑って首を振った。

「いいや。あんた、俺の知ってる人にちょっと似てるんだよ。昔あいつと仲良くしてた人でさ。だから、いけるんじゃないかと思ったんだけどな……」

　今度はダーシャが苦笑して首を振る。

「無理ですわね。あの方も、妃殿下も、わたくしの手の届くようなところにはいらっしゃいません」

「そっか……。悪かったな」

　本心からイヴンは言い、ダーシャも真顔になって二度、首を振った。

「いいえ。御礼を申しあげます。あのような殿方が、しかも国王という立場の方が現実にいらっしゃる。夢にも思わないことでした。ペンタスという狭い世界にいたのでは気づけなかったことですから」

　身軽なイヴンは用件は済んだと判断して、早くも踵《きびす》を返そうとしていた。

　その足を止めて、振り返った。

「そういうところが似てると思ったんだがな」

「どういう意味でございましょう？」

「ペンタスっていうのは娼妓にとっては最高の働き場所なんだろう。そこでかなりの出世をしたのに、ちっとものぼせあがってない。狭いと言いきれる。そういう頭のいいところがさ」

　この男なりの飾らない賛辞に、ダーシャは美しく微笑して、優雅に頭を下げた。

「お役に立てず、申し訳ありません」

　地方貴族の娘のポーラ・ダルシニが王妃の斡旋で王宮に迎えられるのは、これからずっと後の事だ。

　最初にその人を見た時、バルロもイヴンも、正直、首を傾げた。

　格別に美しいわけではない。特筆するべき魅力も感じられない。ごく当たり前の、田舎育ちの女性に見えたからだ。

　この人のどこがそんなによかったのかと思ったが、一見すると凡庸に見えるその人の意外な芯の強さと無意識の社交上手、何より国王とぴたりと息の合う仲むつまじい様子を見せつけられるにつけ、密かに舌を巻いた。

　決して口にはしなかったが、揃って王妃に対して『負けた』と白旗を掲げる羽目になった。

男の修行

ファロット伯爵からシェラに届いた召喚状《しょうかんじょう》には『自由戦士として参るように』と指示があった。

そのための身分証明書と手形も同封されていたが、それを見て王妃は首を傾《かし》げ、素朴な質問をした。

「自由戦士って、具体的にどうするんだ？」

「ここで男ものの衣服を仕立てるのは難《むずか》しいので、街の古着屋で調達します」

「そうだな。おまえ、剣は持ってるもんな」

シェラは少々呆《あき》れたような眼を王妃に向けた。

「お言葉ですが、あれは暗殺用の小太刀《こだち》ですよ」

「――そりゃあそうだろう？」

刺客《しかく》が暗殺用の剣を持っていて何がおかしいのか、王妃はそう言いたいらしい。不思議そうな顔をする主人に、シェラはますます呆れて言った。

「あんなものを佩《は》いている自由戦士などいません。適当なところで剣を求めてから出かけます」

それで一通りは自由戦士らしくできるはずだが、王妃はまだ食い下がった。

「いくら身なりをそれらしくしても、おまえに自由戦士は厳《きび》しいんじゃないか？」

十七歳の男ならば、そして腕に覚えがあるならば、自由戦士として働いても少しもおかしくはない。

しかし、シェラの見た目が問題だった。

身体は紛《まぎ》れもなく男なのだが、白い顔も細い姿も優しく美しく、銀の髪《かみ》を長く伸ばし、身のこなしも嫋《たお》やかで、どこから見ても娘にしか見えないのだ。

王妃の指摘は当然だが、本人は真顔で首を振った。

「適切な肩書《かたが》きだと思います。娘の姿では、しかも一人旅では国境を越えるのは容易ではありません」

「この間、タンガへ行って帰って来たばかりなのに、説得力がないぞ」

「あれは農夫に扮《ふん》して山を越えたんです」

「今回はそれじゃあ駄目《だめ》なのか？」

「無理ですね。街道はともかく、農村部を通るのに具合が悪いんです」

王妃はきょとんと眼を丸くした。

「農村に農夫がいて何がおかしいんだ？」

「変装が通じないからですよ。近在の者ではないと、地元の農夫たちに一目で見抜かれてしまいます」

農民たちは隣近所の顔ぶれをよく知っている。

見知らぬ農夫が歩いていれば、

「何者《なにもん》だ？」

「どっから来たんね？」

と、たちまち人目を集めてしまう。

「なるほど。却《かえ》って目立つわけか」

王妃は頷《うなず》いたものの、まだ首を捻《ひね》っている。

「おれは女の形《なり》で長旅なんか、考えただけでぞっとするけど、おまえは女の格好に慣れてるわけだろう。言い換えれば、男の服には慣れてない。それなのに長い距離を移動するのは疲れるんじゃないか？」

シェラは思わず微笑して、軽く頭を下げた。

「お気遣《きづか》い、ありがとうございます。慣れない男の姿の長旅で、わたしがうっかり、ぼろを出すのではないかと案じてくださっているのですか？」

「それを言ったら侮辱《ぶじょく》になるだろう」

王妃は真顔で言った。

「おまえはそんなへまはしないさ。気になるだけだ。人には得手不得手ってものがあるんだ。本物の女の子なら、そりゃあ一人旅なんか物騒でいけないけど、おまえなら大丈夫《だいじょうぶ》だと思うんだけどな」

「若くなくても女性の一人旅など論外ですよ」

シェラは呆れたように言った。

「国内の移動ならまだしも、今回は国境をいくつも越えるんですから」

無頼の輩《やから》がそんな獲物を見逃すわけがないのだ。

「だからさ、おまえなら、そんな連中に絡《から》まれても問題はないだろうに」

「簡単におっしゃらないでください」

呆れたシェラだった。

「目的地に到着するまで、いったいどれだけの数を撃退する羽目になると思っているんですか」

「それじゃあ、この城へ来る時はどうしてたんだ？　侍女《じじょ》として働くんだから、最初から女装してなきゃおかしいだろう」

「もちろんです。里の者が『親類の男』として同行していました。市内から来たという設定でしたから、特別な旅支度《たびじたく》は必要ありませんでしたけど」

　王妃は驚いたらしい。

「市内から？　ここまで来るだけなのに、わざわざ付き添いがいるのか？」

「当たり前です。ここをどこだと思っているんです。デルフィニアの王宮ですよ。そこに娘を一人で送り出すような家はありません」

　胸を張ったシェラだった。

「ましてやわたしは下働きの雑用係などではなく、最初から奥向きの侍女として勤めることが決まっていたんです。それなのに読み書きもできないような田舎《いなか》育ちの娘では務まりません」

　ある程度の教養を持つ娘を育てる環境としては、田舎より都会のほうが適切なのは明らかだ。

「三《さん》の郭《かく》には『伯父《おじ》』が勤めている設定でしたから、『伯父』から届けられた紹介状も用意しました」

「……手が込んでるなあ」

　王妃は感心して、思いついたように訊《き》いてきた。

「とすると、本物の女の子でも、付き添いがいれば、遠くまで旅行できるのかな？」

「それはそうですよ。高貴な身分の方なら、侍女と従者を大勢引き連れて馬車で遊山《ゆさん》に出かけることもあるでしょうし、商家や農家の娘なら父親と一緒に行商に出向くこともあるはずです」

　シェラはちょっと残念そうに言ったものだ。

「今のわたしなら高貴な女性のお供として行くのがもっとも適しているのですが、現実にわたしは正真正銘、王妃の侍女ですが……あなたはドレスを着て、お供を連れて、豪華《ごうか》な馬車に揺《ゆ》られていく旅行など、してくださいませんでしょう？」

「わかってるなら訊くなよ」

心底、いやそうに王妃は言った。

「第一、そんな大仰《おおぎょう》な道行《みちゆ》きじゃあ、時間が掛かりすぎる」

「はい。そうなんです。それが娘の姿でいることの不利の一つでもあります。馬車にせよ、馬にせよ、全力疾走などできません。徒歩でも同じで、あまり風を切って進むと何事かと思われてしまうんです」

「だったら、ここから出る時はどうするんだ？」

「もちろん、この姿のまま旅支度をして出発します。女官長には親類の祝い事があると言って、しばらくお暇をいただきます」

「その時は一人旅でもいいわけか？」

「はい。そんなに遠くありませんから。早朝に出発すれば午後にはつけます」

そういう『設定』にしてあるということだ。

半日程度の距離なら、娘が一人で出歩いていても、さほど怪《あや》しまれることもない。

実際には城から充分離れたところで、自由戦士に身なりを変える。とはいえ、王妃の言い分にも一理あるので、シェラは無念そうに言った。

「確かに、里の者が同行すれば、娘の姿であっても、人目のないところでしたら全力で進めるのですが、今となっては……」

言っても詮無《せんな》いことである。

「あの男が引き受けてくれればいいのにな」

王妃が誰のことを指して言ったのか、シェラには本当に心当たりがなかった。視線だけで問い返すと、王妃は首を捻りながら続けたのである。

「おまえを狙っているあの男さ。今は、ハーモット子爵夫人の従弟《いとこ》のエルマー、だっけ？」

シェラの表情が一気に険《けわ》しくなった。

その男の本名はレガのヴァンツァー。

廃棄《はいき》された里《レガ》の生き残りであり、執拗《しつよう》にシェラの命を狙っている男でもある。

シェラにとってはまさに天敵だ。

いつも完璧《かんぺき》な侍女になりすましている紫の瞳《ひとみ》が、刺客そのものの鋭さで王妃に向けられた。

「お戯《たわむ》れにも程がありますよ……」

「いや、わりと本気で言ってる」

思わず声を荒らげようとしたシェラを遮《さえぎ》るように、王妃は話を続けた。

「総元締めの伯爵が、おまえを手元に呼び寄せると言ってきたんだ。必然的に今は一時停戦のはずだぞ。あっちが一方的に取りやめるわけだから、停戦とは言わないのかもしれないけど、少なくとも、伯爵がおまえと会う時まで、あいつは手出しはしてこない。つまりスケニアまでの道中、狙われる心配もない。連れだって行けばちょうどいいんじゃないか」

あまりのことに硬直しているシェラとは対照的に、王妃は至ってのんきに話している。

「あいつもまだ若いから伯父さんとか父親役とかは無理だろうけど、兄貴とか、いっそ夫役とか？」

凄《すさ》まじい殺気を向けられて、王妃は反射的に首をすくめたものの、顔にはまだ笑みがある。

念押しするように言ってきた。

「美男美女でお似合いだと思うけどな？」

今度こそ、シェラの銀髪が残らず逆立った。

脳天まで怒《いか》りが突き上げるとはまさにこのことだ。

忠実な侍女にはあるまじきことながら血相を変え、思いきり主人を怒鳴《どな》りつけていた。

「あなたでなければ息の根を止めていますよ！」


シェラはさっそく行動を開始した。

内心まだ怒りが収まらなかったものの、女官長の前へ出た時は表情は至って穏やかに、口調も丁寧《ていねい》に用意の口実を述べ、しばらく城を離れる許可を得た。

翌早朝、女官服を脱いで衣装箱にしまい、奉公《ほうこう》へ上がった時に着ていた街娘の格好で城を出て、街の古着屋で男物の衣服を一揃《ひとそろ》い手に入れると、人目のない建物の陰で素早《すばや》く着替えた。

今まで着ていた女物の衣服は荷物袋の中に入れ、

特徴的《とくちょうてき》な長い髪は、王妃がやっていたように束《たば》ねて帽子代わりのきれで包んで隠《かく》し、念のため、足下の土を少し拾って顔になすりつけた。

見た目だけは若い男の姿になって通りに戻ると、シェラは古道具屋に向かった。

コーラルには一万の職業軍人からなる近衛《このえ》兵団がある。当然、彼らに武器を提供し、修理したりする工房があるが、これはいわば王室御用達で、庶民《しょみん》が利用できるところではない。

個人で工房を構える刀工もいるが、弟子を抱えた一流どころともなると、鍛《きた》える剣も趣向《しゅこう》を凝《こ》らした高級品で、顧客《こきゃく》のほとんどは裕福な大貴族だ。

そこまでの注文が取れない中堅どころや、若手の刀工たちは武器屋に自分の作品を卸《おろ》している。

中流貴族の次男三男が初めて腰に差す剣を求めに来るところだ。

そして、もっとも安価なのが古道具屋だった。

大都市のコーラルでは古道具屋の品揃えも豊富で、意外な掘り出し物が眠っていたりすることもある。

手頃な古道具屋の扉をくぐったシェラはせいぜい『男らしく』低い声で言った。

「剣を見せて――もらいたい」

途中、不自然に間が開いたのは、いつもの癖《くせ》で、『見せてください』と言いそうになったからだ。

今の自分は王妃の侍女のシェラではない。自由戦士のショーンである（身分証明書の名前がそうなっているのだ）。

店主は恰幅《かっぷく》のいい陽気な男で、シェラの身なりを素早く見定めると、気さくに話しかけてきた。

「お客さん。仕事始めかい？」

歳の若さから、この客にはまだ実戦経験がないと踏んだのだろう。シェラも無愛想に頷いた。

「ああ」

「それじゃあ、せいぜい箔《はく》をつけなきゃいけないな。こいつはどうだい。安くしとくぜ」

店主が勧《すす》めたのは刃《やいば》の長さも太さも充分にある、

かなりの大剣で、このくらいの大物を持っていれば強そうに見えると言うのだろうが、シェラはそれを手に取ろうとはしなかった。首を振った。

「扱えないものに金は払えない」

　これほど大ぶりな剣になると、扱う者に対しても相応の力と背丈《せたけ》を要求する。国王くらいの大兵《だいひょう》でなければ、もてあましてしまうだろう。

「そうかい。それじゃあ……こんなのは？」

　今度は細身の剣だった。刀身もそれほど長くない。シェラの体格にはちょうどよさそうだった。

　しかし、シェラは手に取った時点で眉《まゆ》を顰《ひそ》めた。

「……女持《おんなも》ちだな。軽すぎる」

　鞘《さや》を払ってみると、案の定だ。刃が薄すぎる。

　その分、扱いやすくなっているが、シェラは剣を鞘に収めて、店主に突き返した。

「こんなやわな剣では使い物にならん。二、三度、絡んだら、すぐに折れるぞ」

「へへえ。若いのに、なかなか見る眼があるねえ」

「当然だ。――これが仕事だからな」

　自由戦士としては仕事始めでも、刺客としてなら長年、修練を積んでいるシェラだ。見てくれだけの使えない剣など意味がない。

「こんなものしかないなら、他の店へ行ったほうがよさそうだな」

「まあ、待ちなって。兄さん。短気はよくないぜ。それじゃあ、とっておきを出すとしようか」

　店主はいったん店の奥へ下がっていき、シェラはその場に残ったが、黙って佇《たたず》むシェラの顔が次第に険しくなっていった。

　待たされているからではない。

　あることに気づいてしまったからだ。

　シェラは幼い頃から『娘』として育てられてきた。

　十七歳になった今では、口調にも身のこなしにも『娘らしさ』が染みついているが、だからといって『男のふり』ができないわけではない。

　現についい先日、タンガへ潜入《せんにゅう》して戻って来た時は農夫として堂々と城内へ入り込んだのだ。

コーラル城の一の郭はさながら人種の坩堝《るつぼ》である。

農民も、男女を問わず頻繁《ひんぱん》に出入りしている。

彼らの話し言葉や物腰を目にする機会も多い。

それを参考にして、うまく演じたつもりだったが、王妃には『ちょっと弱い』と指摘されてしまった。

農民にしては賢《かしこ》すぎるというのだ。

シェラは度胸も据わっているし、とっさの機転も利く。変装にも慣れているし、演技巧者《こうしゃ》でもある。

それでも本職の役者ではない。

さらに言うなら、シェラの『仕事場』は基本的に上流階級だった。だから、同じ男に化けるとしても、貴族に仕える家来や小者という役どころなら完璧に演じられただろう。

家来の丁重な口調も、礼節を心得た身のこなしも、普段のシェラからそれほど遠くはないからだ。

しかし、今回の役どころは自由戦士である。

いつもの役柄《やくがら》から、もっともかけ離れている。


とはいえ、シェラの本業は刺客である。

娘として育てられてはいても、武器を取って戦うことも、人の命を奪うことも、間違いなくシェラの本質なのだ。

問題は、その刺客の部分を、決して人に見せてはならないと、骨の髄《ずい》まで教育されていることだ。

その『枷《かせ》』を少し緩《ゆる》めるだけで、剣と血の世界に生きる男になれるとわかってはいても、幼い頃からたたき込まれた『人前では娘であれ』という縛りがどうしても邪魔をする。

こうした場合、農民の時と同じように誰か見本を見つけて参考にするのが一番手っ取り早い。

幸い、シェラの身近にもそれらしい人物はいる。

他ならぬ王妃がそうだ。

身体は女でも、王妃の気性も口調も男そのもので、しかも上品な貴公子には程遠い。

あれこそ無頼の雰囲気だが、王妃のあのあっけらかんとした剛胆《ごうたん》さ、強靱《きょうじん》なまでの輝きはシェラには表現しにくいものだ。

真似ようとしたところで、必ずぼろが出る。

もう一人、国王の幼なじみのイヴンも無頼の男の雰囲気だが、こちらはもっと難しい。あの男の持つ酸《す》いも甘《あま》いも噛《か》み分けた世慣れた様子、それでいて強《したた》かな乾いた明るさというものはシェラの本質と何も共通点がない。

それでも限られた短い時間なら、何とかそれらしく振る舞えるかもしれないが、今回はそうはいかない。

少なくともスケニアの国境を越えるまで、自分は『自由戦士のショーン』でいなくてはならないのだ。

結局、刺客の本性を全面的に表に出すのではなく、ほんの少し匂わせる程度にし、口調からも丁寧さと品の良さを消して、無愛想に用件を話す。一人称も『わたし』では違和感があるから『俺』に変える。

ここまでをシェラは無意識にやってのけていたが、その結果できあがった人物像の口調、このそぶりは明らかに……。

あの男《ヴァンツァー》にそっくりではないか！

表情が険しくなるのも当然だった。

怒りで全身が燃え上がりそうだったが、シェラは拳《こぶし》を握《にぎ》りしめ、懸命《けんめい》に自分を制御しようと試みた。

店主が品物を手に戻ってくる。

「こいつはどうだい？　南国の騎兵のものなんだが、ちょっと短いんで、体格のいい男には合わなくてね。かといって刃は厚いから、護身用にしては重いのさ。――あんたにはちょうどいいんじゃないか？」

暗に非力そうに見えると言われている。

普段のシェラなら、これは褒《ほ》め言葉だ。

十七歳の娘なら、非力で何の問題もない。むしろ、嫋やかに見えれば見えるほど仕事がしやすい。

しかし、『自由戦士の男』にとってはおもしろい言葉ではないはずである。

シェラは不快そうに顔をしかめて剣を受け取り、手応《てごた》えを確かめた。

確かに短い。細身でもある。しかし、先程の剣と違って、程よい重みがある。鞘を払うと刃は厚く、しっかりとして、実用品であることが一目でわかる。

「もらっていこう。剣帯はあるか？」

「へい。毎度あり」

代金を支払って、買ったばかりの剣を腰に吊《つる》して、古道具屋を出た。

覚えず、左の腰に差した剣の柄《つか》を握りしめる。

今歩いているのは、人や荷馬車の往来が絶えない大通りだ。しかも真昼である。

先日、国王と王妃の結婚式の最中《さなか》に勃発《ぼっぱつ》したタンガとの戦《いくさ》で、シェラは初めて兵士として戦場に出た。

狙った相手一人を密かに仕留《しと》める今までの仕事とあまりに勝手が違って焦《あせ》ったが、死にたくなければ敵を殺すしかない。

そこは刺客として修練を積んでいるシェラだ。

初めての戦にしては、まずまずの働きができたと自分でも思う。

しかし、あれは戦場という異常な空間だったからできたことで、こんな平穏《へいおん》な日常で、堂々と武器を人目にさらしながら歩くのは正直、抵抗がある。

やってはいけないことをしているような気がして、どうにも落ち着かないのだ。

歩調一つとっても、いつもの歩幅ではおかしい。かといって刺客として活動する時の足の運びではもっといけない。こんな日中《ひなか》では浮き上がること甚《はなは》だしい。道行く人に何事かと思われてしまう。

慣れない役割に戸惑《とまど》いを隠せなかったが、一方で、これはいい機会ではないかと前向きに考える。

自分もいつまでも女の形《なり》でいられるわけではない。いずれは男の姿で、従者として、王妃の傍《そば》で働くことになるかもしれない。

つまり今回の件は『男になる』絶好の機会なのだ（言葉の使い方が少々間違っているが）。

大通りを行き来する人の中には兵士の姿もあるし、もちろん自由戦士もいる。中年の商家の男もいれば、活発な少年たちもいる。渡世人と思われる男もいる。

シェラは素早くそれらの男たちを観察し、彼らの動きを模倣《もほう》しようと試みた。

与えられた仕事に全力で挑《いど》むのもシェラの性質の一つである。

今の自分は自由戦士として生きる男なのだ。

この仕事を選んだということは、それなりに腕に覚えもあるはずである。

腕自慢《うでじまん》の若い男なぞ、もとより自信の塊《かたまり》だ。

ならば、胸を張らなくては。

シェラは肩をそびやかせ、わざと歩幅を大きくし、（男らしく、男らしく）と念じながら歩いていた。

「なーんか、気負ってないか、あのお嬢ちゃん」

ぎこちなく歩くシェラの後ろ姿を見て言ったのはレティシア・ファロット。

見た目は小柄で軽薄な印象の若者だが、死神と称されるファロット一族の中でも屈指《くっし》の腕利きだ。

「慣れない男の役だからな」

応えた長身の男がヴァンツァー・ファロット。

身なりは旅の自由戦士のようだが、妍麗《けんれい》な美貌《びぼう》は白皙《はくせき》の貴公子と言ってもいいくらいだ。

休戦にするはずという王妃の言葉は正しかった。

コーラル城に潜入していたヴァンツァーの元に、その知らせを持ってきたのがレティシアである。

「そんなもんかねえ？」

レティシアは一族の中でもかなり特殊で、今まで潜入任務をこなしたことがない。

刺客としてもっとも基本的な作業、『別の人間を演じる』という出発点に立ったことがないのだ。

それを察して、ヴァンツァーは無表情に言った。

「おまえが小間使いの娘として、貴族の館に勤めるようなものだ」

「はっはあ！　そいつあきついや」

盛大に吹き出して、顔の前でひらひらと手を振るレティシアだった。

「どう化けたって無理無理！　そりゃあ顔だけなら、俺だって可愛い部類に入るし、身体も結構細いから、女の服だって着られないことはないけどよ」

その言葉は嘘《うそ》ではない。

彼は短軀で、痩《や》せ形《がた》で、ぱっと見には華奢《きゃしゃ》にすら見える体格だ。細面《ほそおもて》の肌は白く、眼はくっきりと大きく、黙っていれば中性的な顔立ちにも見えるが、決定的に雰囲気がいけない。

物騒な眼の光一つとっても到底娘では通らない。

それを自覚しているレティシアはおもしろそうに笑いながら言ったものだ。

「猫背でがにに股《また》の小間使いなんざ、いねえからな。一発でばれるわ」

「そこを成りすますのが里の連中だ」

「おまえも？」

「俺のこの身体で娘役などできん。従者としてなら、需要があった」

「ふうん？」

レティシアは猫のような眼をきらりと光らせた。

そんな無愛想な従者がいるかと言いたかったのか、おまえでも従者の時はそれなりに愛想を振りまいていたのかと言いたかったのかはわからない。

あらためてシェラの後ろ姿を見やって言った。

「そう聞くと、お嬢ちゃんに同情するぜ」


人や荷馬車で混雑するコーラル市街を抜け、北へ向かうロシェの街道に入ると眺望《ちょうぼう》が大きく開けた。

人前では『男らしく』歩かなければならないが、シェラは人目のない時は思い切って刺客の足で駆け、常人とは比較にならない速さで進み続けた。

東の国境までは、どんな健脚の持ち主でも六日はかかる行程だ。しかも、今は距離が少し延びている。

先日の戦の後、タンガとの交渉で、タウの東峰をデルフィニア領に加えると取り決められた結果だ。

シェラは驚くべき脚力を発揮《はっき》して風を切って進み、二日目の夜には半分以上の距離を走破していた。翌日、翌々日はあいにくと激《はげ》しい驟雨《しゅうう》に見舞われて、思うように距離が稼げなかったが、五日目の夕方には国境までかなり近づいていた。

季節はすっかり夏である。

今日は終日、よく晴れていた。

中央と違って、この辺の空気はさわやかだったが、汗ばむほどの好天には違いない。

タウ山脈の偉容が間近に迫るにつれ、道も起伏に富んだものになっている。

額《ひたい》の汗を拭《ぬぐ》いつつ、ゆるやかな坂を上り、明るいうちに少しでも先を急ごうと思った時だった。

何やら異様な物音が聞こえてきた。

激しい馬蹄《ばてい》と車輪の響き、その合間に甲高い女の悲鳴も混ざっている。

異変の正体はすぐに明らかになった。

ものすごい勢いで馬車が突進してきたからだ。

二頭立ての立派な馬車だが、馭者《ぎょしゃ》の姿がない。

馬たちは完全に暴走している。

車箱の窓から顔を出した女が死に物狂いで叫んでいる。

「誰か！　誰かお助けください！　誰か！」

シェラは一瞬、棒立ちになった。

ここに突っ立っていたら撥《は》ね飛《と》ばされてしまう。

左右に避けてやり過ごせば問題はないが、背後は下りだ。しかも、たった今通ってきたからわかるが、道はこの先で大きく左に曲がっている。

道の下は雑草の萌《も》えた土手、すぐ下は川だった。

この勢いで直進したら、間違いなく馬は馬車ごと土手に落ちる。恐らくそこでも停まらない。落ちた勢いで川へ突っ込んでしまう。

以前のシェラなら見て見ぬ振りをしただろう。

任務以外のことには努めて関わらないようにするのも里の教育の一つだったからだ。

だが、もし今、ここにいるのが王妃だったら。

決して見過ごしたりはしない。

そう思った刹那《せつな》、反射的に身体が動いていた。

突進してくる馬を躱《かわ》すと同時に、シェラは馬車の駅者席に飛びついていた。

こんな荒業《あらわざ》をするのは初めてだったが、細身に見えても、そこは鍛えた身体と体術である。見事に駅者席に収まった。さらに宙を泳いでいた手綱を素早く摑《つか》み、懸命に馬を抑えにかかった。

こんな暴れ馬を御した経験などシェラにはない。

それでも、ほとんど力任せで手綱を引き、何とか馬たちを左に曲がらせることに成功した。

勢い余って車箱が大きく傾く。

シェラの背後から絹を裂《さ》くような悲鳴が響いた。それも複数だ。

必死に手綱を握りしめるシェラ自身、危うく転倒するのではと肝《きも》が冷えた。かろうじて車箱の傾きが戻り、馬車は何とか体勢を立て直すことができた。

それでも興奮《こうふん》した馬は疾駆を続けたが、シェラも懸命に馬を制御しようと試み続けた。

ややあって、さすがに疲れたのか、それとも興奮状態が去ったのか、馬たちも速度を緩め、シェラはすかさず手綱を絞り、どうにか馬車を止めることに成功したのである。

馬が足を止めた時にはシェラも大きな息を吐《は》いた。我ながら、かなりの力仕事だった。

後ろで車箱の扉が開き、さっき助けを求めていた女が転がるように外へ出てきた。

四十がらみの、小間使いの服装をした女だ。

まだ血の気の引いた顔だったが、駅者席に座ったシェラを見上げ、心からの安堵《あんど》の表情を浮かべて、深々と頭を下げた。

「……あ、あ、ありがとうございます」

衣擦《きぬず》れの音がして、また一人、外へ出てきた。

小間使いと同年齢だが、絹のドレスに身を包んだ貴族の女性だ。この階級の女性は、自分から下々に話しかけたりは滅多《めった》にしないものだから、わざわざ礼を言うために降りたわけではなく、さんざん振り回された恐ろしい箱の中から、単に一刻も早く外に出たかったのだろうと思われた。

しかし、その女性も激しい恐怖に青ざめながらも、シェラを見て、はっきりと礼を言った。

「どなたか存じませぬが、おかげさまで、命拾いを致しました。グラディス・ヴィルトと申します」

シェラは一瞬、悩んだ。

相手が貴族の女性とあって、いつもの口調で、（お怪我《けが》はありませんでしたか？）

と言いそうになったからだ。

しかし、自由戦士がこれはおかしい。

「俺はショーン。自由戦士だ。無事でよかった」

さらにもう一人、シェラと同年代の娘がよろめきながら出てきて、グラディスが紹介した。

「姪《めい》のエリス・ギュンターです」

見るからに深窓の令嬢という風情《ふぜい》である。

こんな恐ろしい思いをしたのは初めてなのだろう。

可愛らしい娘だが、顔は青ざめ、服装も髪も乱れ、血の気の失せた唇《くちびる》がまだわなないている。

物も言えないほど怯《おび》えきっている様子だったが、シェラを見上げて、おずおずと頭を下げてきた。

シェラも礼を返し、小間使いに問いかけた。

「馬は御せるか？」

「いえ！　そんな……」

小間使いは慌《あわ》てて首を振り、グラディスが尋《たず》ねた。

「ショーンどのは南へ向かわれるのですか？」

「いや、国境を越える予定だ」

「でしたら、ご一緒に参りましょう。馬が暴走してこんなことになりましたが、わたしどもの行き先も北なのです。何より、あなたには、危ういところを救ってもらったお礼を致さねばなりません」

シェラは密かに感心した。

多少、堅苦しい印象はあるが、見ず知らずの男に――それも貴族階級から見れば遥《はる》か下層に位置する自由戦士に、いくら命の恩人であっても、これほど丁重に接する貴婦人は珍しいと思ったのだ。

どんなによくても、感謝の気持ちに金銭を与えて別れるのが普通である。

　黙っているシェラを説得しなくてはと思ったのか、グラディスはさらに熱心に言ってきた。

「何より、従兄弟《いとこ》のメイスン男爵も、息子の花嫁の命を救った恩人を、よもやこのままに放置せよとは申しますまい」

　その名前に、シェラはちょっと驚いた。

　以前、王宮でも少し話題になった人物だからだ。

「姪御《めいご》は、お輿入《こしい》れか」

「はい。従兄弟の館まではあと数カーティヴです。もうじき暗くなります。国境を越えるのでしたら、今夜は従兄弟の館にお泊まりください」

　シェラは少し考えて答えた。

「わかった。世話になろう」

　あらためて馭者席に座り直すと、シェラは馬車の向きを変えた。馬はすっかり大人しくなっている。

　女性たちはその間、道端《みちばた》で待っていたが、そこに転がるような勢いで、男が二人、駆けつけてきた。

「あっ！」

「奥さま！　お嬢さま！　ご無事で！」

　女性たちに付き従ってきた家来らしい。

　汗だくになりながらも、大きな安堵の息を吐いて、女性たちの無事を喜んでいる。

　グラディスはシェラを見て言った。

「こちらのショーンどのに助けていただきました」

　二人の男もシェラに何度も頭を下げて礼を言った。

「本当にありがとうございます。この通りです」

「へい、まったくです」

　さらに、前方から二頭の馬が駆けてきた。

　男たちの一人が大声で合図する。

「おおい！　ここだ！」

　二頭の馬に乗っていたのは騎士でも戦士でもなく、召使いだった。グラディスたちの馬車の他に婚礼の道具を積んだ馬車が三台同行しており、彼らはその荷物の積み卸しのために一緒にきたという。

　重い荷物を積んだ状態で暴走した馬車を追っても

到底追いつけないと判断して、馬を馬車から外し、鞍《くら》を載せて追いかけてきたそうだ。

他の家来は荷物の傍に残っているという。

当然の配慮《はいりょ》である。

「遅くなっちまって申し訳ありません。手綱を繋《つな》ぎ直すのに手間取ったもんで……」

「お二人ともご無事で本当によかった！」

彼らも、グラディスとエリスが無事だったことに大喜びして、口々にシェラに礼を言った。

「奥さまとお嬢さまに何かあったらと思うと、気が気ではありませんでした」

「本当にありがとうございます」

こうして一行は再び北を目指すことになったが、出発する際に、ちょっと揉《も》めた。グラディスは命の恩人を歩かせるわけにはいかないと主張し、馬車に乗るように勧めたが、これはシェラが固持した。

「女三人に囲まれた箱の中では居心地が悪い」

つくづく娘の姿なら何も問題なかったのにと内心ぼやきながら、ぶっきらぼうに理由を言う。

ではせめて馭者席に座ってくれと、グラディスは食い下がったが、シェラはこれも断った。

徒歩で来た二人の男に尋ねる。

「男爵の館までの道はわかるか？」

「へい、わかります。何度も参りましたんで」

答えた男はゲルトと名乗った。

「では、馭者を頼む。俺は馬の後ろに乗せてもらう。——あんたもそうしろ」

と、もう一人の男に言った。

確かに、それがもっとも理にかなっている。

グラディスも最後には納得して馬車に乗り込み、シェラと、アルバンと名乗ったもう一人の男は馬に乗せてもらい、馬車の後について進み出した。

その間も、アルバンは、隣の馬の背中から何度もシェラに礼を言ってきた。

「はるばるタンガから来たってのに、婚礼どころか、奥さまとお嬢さまのお葬式《そうしき》を出すことになるのかと、生きた心地もしませんでした」

「タンガから来た？」

シェラはちょっと驚いた。

なぜかと言えば、メイスン男爵はマグダネル卿と親しくしていた人物だからだ。

そのマグダネル卿は、筆頭公爵にしてティレドン騎士団長でもあるサヴォア公爵の実の叔父《おじ》であり、国内有数の大貴族であり、サヴォア一門でも屈指の実力者だった。

それだけ立派な身代と人望がありながら、密かにタンガと通じて王座転覆《てんぷく》を謀《はか》った。

外道と言うにも余りある。立派な国賊である。

この動きに気づいた国王の英断でマグダネル卿は処刑された。表向きは甥《おい》のバルロとの諍《いさか》いが高じた結果、甥に討ち取られたことになっているが、後ろ暗い計画に荷担《かたん》していた者たちにしてみれば、卿の死はまさしく見せしめに映ったはずだ。

ぞっと震えあがったことだろう。

メイスン男爵も間違いなくその一人だ。

男爵は慌てて保身に走り、国王と王妃の結婚式の最中にタンガとの戦が勃発した時も、率先して兵を提供し、国王に忠誠を示すことに必死だった。

それはすなわち、男爵がタンガともきっぱり手を切ったことを意味しているが、そのメイスン男爵がタンガから嫁を取るという。

「へい。わっしはヴィルト家に仕えておりますが、ゲルトはギュンター家の召使いなんです。奥さまのお母さまは、先代のメイスン男爵のお姉さんでして、ギュンター家にお嫁入りなすったんです。ゲルトは何度かお母さまの里帰りのお供について行ったんで、それで男爵のお住まいを知ってるんですよ」

先代メイスン男爵の姉はタンガのギュンター家に嫁ぎ、生まれたグラディスはヴィルト家に嫁いで、グラディス・ヴィルトとなったわけだ。

「今のギュンター家の当主がエリスの父親か？」

「へい。さようで。奥さまのお兄さまです」

当然、その当主もメイスン男爵の従兄弟にあたる。父親が従兄弟同士なのだから、エリスははとこにあたる相手と結婚するわけだ。

これは貴族階級では珍しいことではない。

むしろ、家同士の結びつきを深めるために、よく行われている手法である。

アルバンはおしゃべりな性質で他にもいろいろと話してくれた。ヴィルト家もギュンター家も裕福な家柄であること、メイスン男爵の息子とエリスとの結婚は本当なら昨年の予定だったこと。

「それが、ほら、タンガとデルフィニアの間で戦が始まっちまったもんですから、このお話も、一時はなくなりかけたんですけど、戦も終わったことだし、めでたくご成婚の運びにまとまりまして。今朝早く、ギュンターさまのお屋敷を出発したんですが……」

国境を越え、男爵の館を目指して進む一行の前を横切る形で、全力疾走の早馬が駆けてきたという。

花嫁行列のほうは急ぐ旅ではないので、馬を止め、早馬が眼の前を通り過ぎるのを礼儀《れいぎ》正しく待ったが、通り過ぎざまのことだ。早馬の蹄《ひづめ》が小さな石を撥ね飛ばし、その石が運悪く、グラディスたちの馬車を御していた駅者の顔を直撃してしまったというのだ。

シェラの乗る馬を御す男もぷんぷん怒《おこ》っている。

「何の用事があったか知りませんが、まったくいい迷惑ですよ。駅者のウドは気絶して馬車から転がり落ちるわ、それに驚いたのか、奥さま方の馬車馬は跳ね上がって火がついたみたいな勢いで走り出すわ。――いやもう、どうなることかと思いましたよ」

アルバンも隣で大きく頷いている。

「あんなに肝が冷えたことはないです。わっしらはとにかく奥さまの馬車を見失っちゃあならねえって、走って追っかけたんですよ」

そういう事情なら、彼らがシェラに感謝するのは至極《しごく》当然と言えた。

そんな話をする間も馬たちは軽快に進み、一行は無事に荷物のところまで戻った。

そこに残っていた家来たちも、女性たちが無事に戻ったので大いに安堵した様子だった。

小石を顔に食らって気絶したというウドも、まだふらふらしていたが、幸い大きな怪我はしていない。

馬を元通りに馬車に繋ぎ直し、ウドは荷台の中に寝かせて、一行は再びメイスン男爵の館を目指して出発した。その際、シェラは荷馬車の馭者席の隣に乗せてもらい、徒歩より早く進むことができた。

しばらく進むと、小高い丘の上に建てられた館が見えてきた。立派な石造りの建物で、建物の角にはちょっとした塔がつくられ、塔の上には鐘《かね》がある。

この塔は恐らく見張り台も兼ねているのだろう。

川もないのに入口が跳ね橋になっている。これも用心のためだろう。

ここは国境からも程近く、背後にはタウの偉容もそびえている。この程度の備えは必要だ。

太陽は既に赤く大きく西の山稜に迫っていたが、跳ね橋はまだ下ろされ、荷馬車が何台も中に入っていくのが見える。

一行もそれに続く形で跳ね橋を渡った。

正面に館の玄関がある。手前に広い庭がつくられ、大勢の人々が行き交っている。

家の者らしき人物が、その荷物は台所に、それは納屋《なや》にと、忙しそうに指示を出していた。

祝いの品が続々と贈られてきているらしい。

取り次ぎの小者が駆け寄ってきた。一行の身元を尋ねてきたので、タンガから来た花嫁だと告げると、慌てて館の中に入っていった。

すると、立派な身なりの男性が急ぎ足で出てきて、馬車から降りたグラディスに笑顔で話しかけた。

「グラディス！　遠いところをようこそ」

これが主《あるじ》のメイスン男爵だろう。

グラディスも笑顔で挨拶《あいさつ》した。

「ご無沙汰《ぶさた》しております。ルーサー」

ルーサー・メイスン男爵はエリスにも声をかけた。

「こちらが花嫁か？　おお、これはお美しい。遠路はるばるよく来てくださった」

息子の花嫁の顔を今、初めて見たらしい。

となると、男爵の息子も花嫁の顔を知らないのだろうが、これも貴族階級ではよくあることだ。

「息子が出迎えに来ないのを不作法とは思わないでもらいたい。花嫁は長旅でお疲れのはずだからな。身体を休め、身支度を調《ととの》えた後で花婿《はなむこ》に会いたいに違いないと、わたしが止めたのだ」

エリスは舅《しゅうと》になる人に丁寧に一礼した。

「お心遣いに感謝致します。エリス・ギュンターでございます。なにとぞ、よろしくお願い致します」

グラディスはここでシェラを男爵に紹介した。

「この人のおかげで、わたしたちは無事にこの館に到着することができました。ショーンどのが助けてくれなかったら、エリスとフレッドの婚礼はおろか、今頃はわたしたちの葬式を出すことになっていたに違いありません」

「ほう。それはご苦労だった」

息子の花嫁と従姉妹の命の恩人とあって、男爵は自由戦士の風体のシェラに丁寧な言葉をかけた。

「まずは休んでくれ。後で話そう」

シェラは無言で頷いた。

メイスン男爵と女性たちは正面玄関から入ったが、シェラは館の裏手に案内された。

身分を考えれば当然だが、ここでもシェラは今の自分が普段の役割といかに違う立場にいるものか、いやというほど認識させられる羽目になった。

こういう大きな屋敷に出入りしたことなら何度もある。ただし、『娘』としてだ。

男の召使いと女の召使いでは、館の中の居場所も役割も全然違うのである。

いつもならほとんど確実に台所に案内されるのに、シェラが通されたのは召使い用の食堂だった。

他に男たちが何人も席についている。この屋敷の使用人はもちろん、来客のお供たちも大勢いた。

女たちがせっせと働き、次から次へと料理を振る舞っている。

自分も給仕に働くほうが性に合うのにと思いつつ、シェラは黙って席につき、出された料理に礼を言い、腹を満たすことに専念した。

「さあさあ、たんと召しあがってください。今夜はお祝いですからね」

酒も振る舞われたので、お供たちは上機嫌だ。

静かに食べ終えたシェラにも酒杯が出されたが、その時、男の召使いが呼びに来た。

「ショーンさん。旦那《だんな》さまがお呼びです」

シェラは口をつけようとしていた酒杯を隣の男に譲って席を立った。

召使いに案内されて館の奥に向かう途中、通路の窓から庭の様子が見えた。

大きな篝火《かがりび》が赤々と灯《とも》され、この時間でもまだ跳ね橋が下ろされているのがわかる。

ちょうど松明《たいまつ》を灯した二頭立ての馬車が軽やかな足取りで入ってくるところだった。


メイスン男爵は地元ではよほどの有力者で、その息子の結婚はかなりの慶事であるらしい。

シェラが通されたのは一階の中程にある部屋で、そこには男爵と、恐らくは男爵夫人、グラディス、体格のいい若い男が一人いた。

これが男爵の息子のフレッドだろう。

シェラを見る眼には好意的な光があったが、彼の隣にいるはずのエリスの姿はない。

既に二階で休んでいるのかもしれなかった。

ここはちょっとした集まりや応対に使われている部屋のようで、腰を下ろすものがない。

皆、立ったままだ。

普段の自分なら丁重に一礼しているところだが、自由戦士としてそれは適切なのかと悩んだ末、軽く首を傾けて会釈《えしゃく》するのみにとどめた。

真っ先に話しかけてきたのはフレッドである。

「ヴィルト夫人に話を聞いたよ。思っていた以上に若いんだね。妻の命を救ってくれてありがとう」

男爵も親しげな口調で言った。

「まさしく。そなたは従姉妹と花嫁の命の恩人だ。礼を言うぞ」

言葉に困ったシェラだった。

目上の人にこれほど懇《ねんご》ろな言葉をかけられると、条件反射で恭《うやうや》しく頭を下げたくなってしまう。

しかし、それは自由戦士の態度ではない。

ならば、この場面、この状況で、自由戦士の男はどんな態度で、どんな言葉を返すのが適切なのか、とっさに判断できかねた。

結果、またも無言で会釈した。

貴族によっては庶民にこんな態度を取られるのは無礼と感じるはずだが、男爵は少なくとも表向きは気分を害した様子はなかった。笑顔で続けた。

「明日には近くのオーリゴ神殿で婚儀が行われる。そなたも参列してはくれまいか」

シェラは軽い驚きを顔に浮かべた。

初対面の素性も知らない相手に、それも世間では無頼の輩とされている自由戦士に、息子の結婚式に出席してくれという。

シェラが偶然通りかかって花嫁を助けなければ、明日の婚儀は行うことはできなかった。それを重々承知し、感謝しているからこその申し出だろう。

こんな言葉を貴族からかけられたら、一般市民は恐縮《きょうしゅく》しきって礼を言い、緊張《きんちょう》しながらもありがたく応じるはずだが、これ以上の寄り道はできない。

シェラは首を振った。

「北で仕事が待っている」

嘘ではない。

しかし、これだけではさすがに素っ気ないと感じ、口調に気をつけながら付け加えた。

「丁重なもてなしにも過分な申し出にも感謝するが、明日の早朝には発《た》つ」

怪訝《けげん》そうな表情を浮かべたのは男爵夫人のほうだ。

一介の自由戦士が夫の申し出を断るとは思ってもみなかったのだろう。思わず口を出してきた。

「なぜです？　それほど時間は取らせません。半日遅れるだけですのに……」

しかし、男爵は妻を制して、おもむろに頷いた。

「いや、無理強《むりじ》いはすまい。では、ショーンよ」

何か言いかけた時、中年の召使いが入って来て、遠慮がちに声をかけてきた。

「旦那さま。お話中失礼します。カペル子爵さまのお使者がお見えになりました」

「何？　それは珍しい。客間にお通ししろ」

よほど大事な客らしい。本人ではなく使者なのに、男爵の意識は明らかにそちらに向いている。

グラディスが口を開いた。

「ルーサー、行ってください。後はわたしが」

「わかった。頼む」

男爵はいそいそと出口に向かったが、部屋を出る前に、控《ひか》えていた召使いから革の小袋を受け取って、シェラに手渡してきた。

受け取ってみると、ずしりと重い。

「せめて、納めてくれ」

シェラは片手で小袋を掲《かか》げて、軽く頭を下げた。

「かたじけない」

男爵と男爵夫人、さらにフレッドもグラディスに会釈して、部屋を出ていった。その場に一人残ったグラディスは、あらためてシェラに話しかけてきた。

「北でのお仕事はどのくらいかかるのですか？」

「わからない」

事実だった。

シェラはファロット伯爵には会ったことがない。どんな姿をしているのかも、人となりも知らない。わかっているのは、大陸全土に名を轟《とどろ》かせている暗殺一族の総領ということだけだ。

その人物がどんな心づもりで自分を呼んだのか。行った先に何が待っているのか……。

今の時点では想像もつかなかった。

「では、お願いします。そのお仕事が終わったら、従兄弟に仕えてはくれませんか」

さすがに驚いたシェラだった。

姪と自分の命を救った恩義を感じているにしても、ずいぶんと思い切ったことを言う。

そもそも貴族の女性にとって自由戦士とは怪しい人種で、気軽に口を利くような相手ではないはずだ。いくら自分と姪の命の恩人とは言え、貴族階級の女性なら『ご苦労でした』の一言で済ませて平然としていそうなものだ。

身分をわきまえない軽々しい振る舞いだと感じたシェラは、意図的に突き放すように言ってみた。

「無頼の輩をそんなに簡単に信用していいのか？」

すると、グラディスは確信を持った口調で言ってきたのである。

「今は流れ者でも、あなたは以前は、きちんとした主人に仕えていたのではありませんか？」

「……なぜ、そう思う？」

内心の疑問が明らかに表情に出ていたと思う。

グラディスは落ち着いた微笑を浮かべた。

「見ればわかりますよ。あなたは他の自由戦士とは明らかに違います。わたしの嫁いだヴィルトの家は近隣領主たちとの紛争がよくあり、義父も夫も家を守るために流れ者の自由戦士を雇《やと》い入《い》れていましたが、当時のわたしには誰も彼も同じに見えていました。わたしも義父の人を見る眼は実に鋭いものでした。わたしも夫も義父の薫陶《くんとう》を受けて、人を見る眼を磨《みが》きました。ショーンどの。身なりは粗末《そまつ》でも、あなたの口調も物腰も、粗野で無教養な流れ者とは程遠いものです。先程、従兄弟から金子《きんす》を受け取った際もそうでした。少しも卑《いや》しいところがない。それどころか、品の良ささえ感じさせる振る舞いであったのは、わたしの気のせいではありますまい」

シェラは懸命に無表情を装っていたが、あまりの羞恥《しゅうち》に死にそうだった。

恥《はじ》というより屈辱《くつじょく》である。

王妃の言葉が今更ながらに骨身に突き刺さる。

『ちょっと弱い』という指摘だったが、ちょっとどころでは済まされない。まさか素人《しろうと》の女性にこうもやすやすと見抜かれてしまうとは――。

自分ではうまく演じていたつもりでも『無頼漢のふり』はまったく機能していなかったことになる。

何たる無様《ぶざま》と悔《く》やむシェラの葛藤《かっとう》には気づかず、グラディスは淡々と続けた。

「実際に飢《う》えた野犬さながらの流れ者も見たことがあります。だからこそ、わかるのです」

グラディスにはそんなつもりは欠片《かけら》もないだけに居たたまれない。

しかし、ここでふと疑問に思った。

飢えた野犬という言葉から連想される荒々しさや粗暴さは、今の自分が手本にしている『はず』の、あの男とは合致しない。

あの男も以前は飼われていて、主人の手を離れた。正しくは捨てられたのだ。その意味では野犬だが、あの男はかつての主人を哀れみ、軽蔑《けいべつ》すらしている。

幾度か言葉を交わした経験から思い返してみても、どこか毅然《きぜん》とした印象を受ける。

「飢えた野犬を見たことがあるのか？」

貴族の女性がそんなものの実物を知っているとは思えなかったのだが、グラディスは頷いた。

「義母の持つ山に飼い主を失って野犬化した群れが住みつき、家畜《かちく》に被害が出るようになったのです。夫が家来を率いて退治しました。その際、わたしも同行したのです」

「女が野犬退治に行っても役には立たないだろう」

わざと冷たく言ったが、こんな言い方をすると、ますますあの男に似てしまう。

それもまた腹立たしい。

「元が飼い犬なら、何かできないかと思ったのです。実家では猟犬《りょうけん》を飼っていたので、人間の指示に従うことを忘れてしまっているだけなら調教しなおせば使えるのではないかと。――甘い考えでした」

当時の光景を思い出してか、グラディスは表情を曇《くも》らせた。

「主人に捨てられた犬というのは哀れなものですね。それなら何頭か見たことがあったのです。どれも皆、ひどく怯えていて、人に対する警戒心が異常に強く、慣れようとしない。時間は掛かるかもしれませんが、あれならまだ調教が利くはず、そう思っていました。ですけど、罠《わな》の檻《おり》に捕らえられた野犬を近くで見て、ぞっとしました。同じ犬とは到底思えない生き物になっていたからです。むやみに暴れるわけではなく、大人しくしていましたが、むきだしの敵意に溢《あふ》れた、危険な、荒《すさ》んだ、空虚《くうきょ》な眼でした」

「……………」

「あの眼を忘れたことはありません。同じ眼をした人間に幾度か遭遇《そうぐう》しましたが、揃って信用ならない、傍へ寄せてはならない種類の相手でした」

素人の洞察力《どうさつりょく》は時に侮《あなど》れないと肝に銘じながら、シェラは努めて冷静に言った。

「猫なで声で近づいてくる危険な相手もいるぞ」

グラディスは嫣然《えんぜん》と微笑《ほほえ》んだ。

「そういう者たちなら見慣れています」

どうやら一筋縄ではいかない婦人のようだと気を引き締めながら、シェラは別のことを尋ねた。

「俺を雇い入れたいと、男爵が言ったのか？」

グラディスは笑みを消して首を振った。

「いいえ。わたしの考えです。ご存じでしょうが、つい先日、この国とタンガとの間で戦がありました。わたしはタンガの人間ですが、母はデルフィニアの生まれです。婚家と実家の親しい人たち同士が直接戦場《いくさば》で顔を合わせるようなことになりはすまいか、実際に戦うようなことになったりしたらと、非常に心を痛めていました。幸いにも、どちらの親戚にも犠牲は出ませんでしたが、また戦が起こらないとも限りません」

それは決して考え過ぎなどではない。

国境に近い土地に暮らす者にとっては常に考えておかなければならない可能性だった。

「この館は安全です。従兄弟も優秀な私兵を何人も雇っていますから。ただ、従兄弟の私兵たちは——もちろん信用できる者たちなのですが……」

慎重《しんちょう》に前置きした上で、グラディスは少しばかり困ったように続けた。

「本人たちには普通のことでも、言動がどうしても……荒々しいとまでは言いませんが、どこか粗雑というのでしょうか、少なくとも洗練されているとは言いがたいものです。姪はああいう種類の男たちを見たこともありませんので、きっと怯えるでしょう。あなたならその点、問題はありません。安心して、姪の護衛についてもらえると思ったのです」

グラディスは自分の言葉がシェラの心にぐさぐさ突き刺さる凶器になっているとは知る由《よし》もない。

黙って聞きながら、シェラは猛烈《もうれつ》な羞恥に耐えていた。耐えながら、すぐさま近くの山に分け入って野犬の群れを探すべきかと真剣に考えた。

恐らくはそれが一番今の自分の『手本』になってくれるはずだが、いくら武器を持っているとはいえ、孤立無援でそんなものに囲まれたら、命が危うい。

（どこかにいないか、飢えた野犬！）

どうしても粗野で下品な男になれないとシェラは嘆《なげ》いているわけだが、もしここに王妃がいたら心底、呆れて言っただろう。

「人には適材適所ってものがあるんだ」

今のシェラはそこまで達観できていない。

歯がみする思いを抱えながら、シェラはある程度、芝居《しばい》を放棄することにした。

演技をしたままでは、この女性が納得する答えを返せないと悟ったからだ。

「自由戦士と言ったが、俺はまだ主人持ちの身だ」

グラディスがちょっと顔色を変えて尋ねてくる。

「では、そのご主人の指示で北へ行かれる？」

「そうだ。だから男爵には仕えられない」

王妃《あのひと》こそが今の自分の主人なのだから。

グラディスは残念そうにしながらも、今の主人を見限ってほしいとは言わなかった。

毅然とした態度を見れば、この若者がその主人に深い忠義を尽《つ》くしていることは明らかだったからだ。

「では、いずれまたこの近くを通ることがあったら、この館に立ち寄ってください。エリスが命の恩人に礼を言いたがっているのです」

シェラは不思議そうな顔になった。

「――それなら今言えばいい」

「ショーンどの。エリスはまだ未婚の身です」

グラディスはちょっと困ったように笑った。

「ギュンターの父の教えなのです。未婚の娘が家族以外の男と親しく口を利いたりしてはならないと。――使用人は例外ですが」

いかにも箱入り娘らしいと、シェラも苦笑した。

この近くへ来ることもエリスに会うことも恐らく二度とないだろうが、それは言わずに頷いた。

「わかった。気に掛けておく」

「よろしくお願いします」


男爵邸の庭には即席の竈《かまど》が設《もう》けられていた。

少し離れたところには焚火《たきび》も焚《た》かれている。その火を頼りに女たちは料理に忙しく、大勢の男たちが丸太や木箱を即席の椅子代わりにして、星空の下で腹を満たしていた。

館内の食堂に入りきらなかった男たちはもちろん、男爵の領地の住人たちもいた。彼らは領主の慶事にお祝いを持ってきて、お相伴に与《あずか》っている。

その中にヴァンツァーとレティシアもちゃっかり交ざっていたのである。

二人はここまでシェラの後をつけていたのだ。

この動きにシェラはまったく気づいていなかった。

その点でシェラを責めるのは酷だろう。

シェラは今まで尾行の有無を気遣うような任務に就いたことがない。加えて追跡者の二人は一族でも屈指の腕利きである。経験が違う。

二人はシェラが暴走した馬車を止めるのも、その馬車に先導される形でこの館に入るのも、すっかり見届けていた。この突然の寄り道は二人にとっても予想外だったが、眼を離すわけにはいかなかった。

今の二人の役目はシェラがスケニアに無事に到着するのを見届けることにあったからだ。

すなわち、シェラの行く手を遮る障害が生じたら、もしくはシェラの身に危険が迫るような場合には、それを排除するのも役目のうちに入る。

本人が知ったら恥辱のあまり憤死《ふんし》するだろうが、つまりはシェラの知らないところでシェラの護衛をしているようなものだった。

ヴァンツァーとレティシアは陽が暮れるのを待ち、行動を起こした。入口には門番が立っているものの、何か慶事があったようで、祝いの品を載せた荷車や馬車が何台も行き交い、人が大勢出入りしている。

篝火が焚かれているとは言え、門番の眼を盗んで、そっと紛れ込むことくらい二人には朝飯前だった。

館の人間も、次々にやってくる客の応対に忙しく、誰がどこの人間かなど把握《はあく》していない。さりげなく従者の男たちに交ざり、遠慮無く飲み食いしながら、二人とも情報収集に努めた。特に質問をしなくても、賑《にぎ》やかな雑談に耳を傾け、時々相づちを打つだけで、だいたいの事情は摑むことができた。

領主の息子の婚礼となれば、なるほどこの活気も、館の大盤《おおばん》振《ぶ》る舞《ま》いも頷ける。

夜も更けたので、馬車を通す正門は閉められたが、正門横には通用門があり、その内側には門番がいて、来客に応対している。今また新たな客がやってきて、正門を開けてくれるように頼んだらしい。

門番が正門へ行き、重い門扉を開けてやった。

入って来たのは手燭《てしょく》を二つもぶら下げた、大きな荷車だった。人一人がすっぽり入れそうな樽《たる》を山のように積み上げて、縄で縛っている。

相当の重量があるのだろう。二人がかりで荷車を引き、さらに別の二人が後ろから押している。

応対に出た取り次ぎの小者に、一人が言った。

「遅くなっちまったが、ノートンの領主さまからのお届け物です」

その地名を聞いて小者は驚いたらしい。

「あんな遠くからご苦労だったねえ。あんたたち、初めて見る顔だが、領主さまのところの人かい？」

身分の高い相手ではないので砕《くだ》けた口調である。

荷車の男は首を振り、同様の口調で応じた。

「いやあ、俺たちは臨時に雇われたんだよ。こんな時に限って、馬がみんな出払っちまったらしくてね。一日がかりの大仕事だったが、婚礼に間に合わないようじゃあ話にならないだろう。どうでも今日中に届けろってよ。領主さまご自慢の葡萄酒《ぶどうしゅ》だ」

「そいつはありがたい」

「こんなに暗いと足下もおぼつかないんで、酒蔵に入れるのは朝になってからでもいいかね。さすがにくたくたで、今夜はこちらでお世話になるようにと言われてるんだが……」

「おお、もちろんだ。ひとまず荷車ごと裏へ運んでおいてくれ。食べものは充分にあるから、その辺で適当にやってくれるかい？　納屋を開けてあるから今夜はそこで休んでくれ。後でうちの旦那さまからお返しの品を渡すはずだから、明日はそれを持って帰っておくれよ」

男たちに否《いな》やがあろうはずもない。

臨時雇いの人足なら、その返礼の品が間違いなく使いを果たしたという証明にもなる。

これらのやりとりをヴァンツァーとレティシアはすぐ近くで見届けていた。

二人とも、態度にはおくびにも出さなかったが、四人の人足たちにさりげなく注目していた。

何がどうというのではない。

身なりも口調もどこにでもいる下男そのものだし、先程の小者との会話も自然な流れだ。

ただ、長年、暗殺者として生きてきた二人の勘《かん》に、何かが引っかかったとしか言いようがない。

その違和感は、四人が荷車とともに館の裏へ消え、身軽になって戻って来た時に決定的になった。

既に食事を終えていた男たちが席を譲ってやり、四人はそれぞれ竈の近くの適当な腰掛けに陣取り、女たちが振る舞う料理に舌鼓《したつづみ》を打ち始めた。

その様子を見届けたヴァンツァーとレティシアは気づかれないように、そっと目配せを交わした。

違和感の正体がわかったのだ。

今日は汗ばむほどの好天気だった。

それなのに、一日中重い荷車を引き続けたはずの男たちは口では疲れたと言いながら、ほとんど汗を掻《か》いていない。

今もそうだ。誰も『水をくれ』と言わない。

四人とも水筒を持っていない。途中の小川や泉で喉《のど》を潤《うるお》したとしても、一日がかりの重労働を終えて、やっと座って食事にありつけるのに、誰一人として喉の渇《かわ》きを訴《うった》えない。水どころか『酒を頼む!』と叫んでもおかしくない場面なのにだ。

本当に一日中、あの重い荷車を引いてきたのなら、こんなことはあり得ない。

ノートンから来たというのが嘘なら、樽の中身が領主自慢の葡萄酒だというのも嘘だ。

それなら樽の中身はなんなのか。

この四人はなんの目的でやってきたのか。

そこまでを察しながら、暗殺一族腕利きの二人は何食わぬ顔で他の男たちとの雑談に応じていた。


カペル子爵の使者は六十年配の小柄な男だった。

二人の屈強な従者を連れた男はポターと名乗り、長年大家《たいけ》に仕えている従者らしく、さすがに物腰も練れたものだった。

子爵からの手紙を男爵に渡し、従者たちに祝いの進物を運ばせ、丁重に一礼して、よどみない口調で祝辞を述べた。

「このたびはご子息のご結婚おめでとうございます。別《べっ》して、我が国から花嫁を迎えてくださったことを、主もことのほか喜んでおります。主自らお祝いに参る予定だったのですが、折悪《おりあ》しく他行《たぎょう》中でして、わたくしが名代として参りました」

　メイスン男爵も愛想よく応じた。

「ありがたいことだ。久しくお会いできずにいるが、子爵はお元気かな？」

カペル子爵はタンガ南部の領主である。

　メイスン男爵の祖父の妹が当時の子爵家に嫁ぎ、跡継《あとつ》ぎを生んでいる。

　その息子が現在のカペル子爵だ。

　つまりメイスン男爵とカペル子爵は、フレッドとエリス同様、はとこ同士という間柄になる。

　親戚には違いないのだが、男爵が珍しいと言ったように、現在のメイスン男爵家とカペル子爵家とのつきあいはそれほど緊密なものではない。

　しかし、跡継ぎ誕生に関わる長男の慶事は、どの貴族にとっても特別なものだ。カペル子爵が祝いを贈ってきてもおかしくはない。

　その進物は眼が眩《くら》むほど見事なものだった。柄と鞘を宝石で象眼した大剣、揃いの短剣、金銀細工の香炉、上等の巻絹などがずらりと並べられている。

　あまりの気前の良さに、メイスン男爵がいささか驚いたくらいの贈り物だった。

　これではこちらからも相当の返礼をしなくてはと焦っていると、ポターが礼儀正しく言い出した。

「男爵さま。実は、折り入ってお話がございまして、お人払いを願えますでしょうか？」

　ここでメイスン男爵は表情を引き締めた。

　さては、カペル子爵は何か頼みごとがあるのかと察したのだ。それもこの気前のよすぎる贈り物から判断すると、恐らくは難しい話だろう。

　男爵はすぐに家来を下がらせた。

　宝物を載せた吊り台を運んできたポターの部下も部屋を出て行き、男爵とポターの二人きりになった。

　二人とも立ったままだったが、ポターは遠慮無く男爵に近づくと、声を低めて言い出した。

「わたくしは確かにカペル子爵の名代ですが、実はもうお一方のお言伝《ことづて》を承《うけたまわ》って参りました」

予想外の言葉に男爵は戸惑った。

「もうお一方とは？」

「我が国でもっとも高貴なお方でございます」

男爵の顔がものの見事に引きつった。

表情が厳しくなり、自然と声が低くなる。

「……貴国の王のことか」

「さようでございます」

慇懃《いんぎん》に一礼して、ポターはさらに言った。

「我が陛下は、かつて男爵が我が国に対して示してくださった多大なる親愛の情を忘れてはおりません。ぜひとも、今後とも我が国と親しくおつきあいしてくださることを望んでおります」

メイスン男爵は身震いして首を振った。

「……聞かなかったことにさせてもらおう」

「なぜでございます？」

やんわりと尋ねながら、答えを待たずにポターは続けた。

「失礼ですが、男爵は以前から、貴国の王に対して、あまりよい感情をお持ちではなかったはずでは？」

「……その通りだ」

同国民の前では言えない言葉だが、ゾラタス王の使者となれば体裁《ていさい》を繕《つくろ》っても仕方がない。

「わたしだけではない。ここだけの話だが、庶出の王を快《こころよ》く思わぬ者ならこの国には他にも大勢いる。だが、ことはもうその段階を通り過ぎているのだ。──マグダネル卿の最期を知らぬはずはあるまい」

デルフィニア国内の反国王派の頂点に立つ人物の不慮の死はポターにとっても衝撃だった。頷いた。

「まことにお気の毒なことでした。しかし、あれは卿と甥公爵との間に確執が生じ、それが高じた末のご不幸だったのではありませんか？」

「馬鹿《ばか》な……」

小さく舌打ちした男爵だった。

確かに、表向きの話はポターの言うとおりだ。

サヴォア一門に『内紛』が起き、叔父である卿が一族の総領の地位を欲し、いわば謀反《むほん》を企《たくら》んだので、現当主のサヴォア公爵が武力でもって、実の叔父を『成敗した』とされている。

一族に不心得者が出た時は当主に処分する裁量が与えられている。公爵の行動は罪にはならない。

しかし、かねてから両者を仲直りさせようと心を砕いていた国王は公爵のこの『独断専行』を非常に憤《いきどお》ったとされている。

単なる噂《うわさ》や憶測ではない。

その様子を確かめた者は何人もいるのだ。

国王は家臣や諸侯立ち会いの下、査問会を開き、勝手な行動を取った従弟に対して、ティレドン騎士団長という重職の解任と、広大な領地のほとんどを没収すると言い渡したのである。

しかし、いかに何でもこの処分は重すぎる。

家臣の中でも力のある人々の必死の嘆願《たんがん》により、どうにかこの処分は回避されたが、王の怒りはまだ収まらず、先代国王にも血のつながる従弟に対して、しばらく北の塔で反省するようにと言い放った。

この様子を見届けた諸侯たちは皆、国王の怒りの凄まじさに震えあがったという。

しかし、その話を知人から伝えられた男爵は別の意味で震えあがったのである。

独断専行などであるはずがない。

間違いなく国王の指示のはずだった。

マグダネル卿の死に国王の意思が関与していないなどということはあり得ない。王がサヴォア公爵に密かに命じて、マグダネル卿を処分させたのだ。

政敵を排除するために従弟を手駒に使ったあげく、最大の功労者のはずのその従弟を、重罪人ばかりが収容される北の塔に投獄《とうごく》までしてみせたのだ。

そういうことができる王なのだ。

ウォル・グリークという男は。

メイスン男爵はただちに王宮に伺候《しこう》して、国王に挨拶したが、国王は真実、従弟の勝手な行動に怒り、マグダネル卿の死を惜しんでいるように見えた。

二度、震えあがった。

　メイスン男爵は這々《ほうほう》の体《てい》で領地に戻ると、当面の間は行き来を控えるようにタンガに使いを出した。

　ところが、先日のことだ。よりにもよって国王の結婚式の最中にタンガが国境を越えて進軍を開始、ランバーに多大な被害が出たという急使が届いた。

　式に参列していた男爵は蒼白《そうはく》になった。

　この奇襲を自分も承知していたのだと——自分と示し合わせた上での行動だと思われては、たまったものではない。男爵はその場でただちに自分の持つ兵力と資材のすべてを提供すると国王に申し出た。

　男爵だけではない。以前は密かにタンガと連絡を取っていた北部領主たちも率先して協力を申し出た。

　国王はこの申し出を快く受けた。

「殊勝な心がけ、嬉《うれ》しく思うぞ。ランバーの危機は貴公らにとっても他人事《ひとごと》ではないはず。存分に働いてもらおう」

　言葉とは裏腹に国王の表情は厳しかった。

　当然だ。結婚式の最中に国境を侵害されたのだ。君主としてこれを憤らずにいられるわけがない。

　だが、それだけに、男爵を含む北部領主に向ける眼差しには真実、味方として頼みにしているという強い光があり、その言葉にも、汝《なんじ》の忠誠心を信じているという君主の心がありありと窺《うかが》えたのだ。

　男爵は三度、震えあがった。

　生きた心地もしなかった。

　こんな人物に腹芸で勝てるわけがない。

　男爵は己《おのれ》の言葉どおり懸命に働いて国王に尽くし、デルフィニア軍は見事にタンガ軍を退《しりぞ》けたのである。

　平和が戻った後、男爵はタンガから使者が来ても、決して会おうとせず、門前払いを食わせ続けた。

　結果、業《ごう》を煮《に》やしたタンガの王は、男爵の親類の名前を借りて使者を送り込んできたというわけだ。

　ポターは言葉巧《たく》みに男爵を煽《あお》り続けた。

「我が主は能力のある者、働きの優れた者には必ず厚く報《むく》いる方です。男爵のお力添えでデルフィニア攻略が首尾よくかなった暁には、男爵にはランバー一帯を治めていただいた上、自らの側近《そっきん》として力を発揮してもらいたいと望んでいるのでございます」

領地を広げたいという欲求は領主なら誰もが持つ最大の行動理由である。

メイスン男爵も例外ではない。

それでも男爵は苦い顔で首を振った。

「先も言ったが、庶出の王を容認するつもりはない。——その心に今も変わりはない。だが、それはもう問題ではないのだ」

率直な男爵の言葉に、ポターは慇懃に頭を下げた。

「お言葉ですが、我が主も敵が手強いからと言って、怖《お》じ気《け》づく王ではありません」

タンガは決してデルフィニアを諦《あきら》めない。

ウォル・グリークの命運はいずれ必ず尽きる。

そんな王に忠義を尽くしても得る物は何もない。

今のうちにもっと有力な主君に変えるべきだと、ポターは熱心に説得を続けた。

その言葉の一つ一つに男爵の心は揺さぶられたが、揺れただけだ。決定的に天秤《てんびん》が傾くことはない。

「誤解のないように言っておくが、ゾラタス陛下のお力を見誤るつもりは毛頭ないのだ。わたしを高く評価してくださることも、ありがたく思っているが、今となっては……」

どうでも首を縦に振ろうとしないメイスン男爵に、ポターは率直に尋ねたのである。

「ゾラタス・ミンゲよりもウォル・グリークを取る。それが男爵のご意思だというのならば、その理由をお聞かせ願えますでしょうか」

メイスン男爵は庶出の王を不快に感じる気位《きぐらい》の高さに加え、物欲で動く男だとポターは見ていた。

それすなわちゾラタスの意見でもある。タンガの国王は滅多なことでは目利き違いなどやらかさない。

それなのに、こうまで頑《かたく》なに動こうとしないのは、なぜなのか。正直に答えるとは思っていなかったが、男爵はポターを見つめて、無表情で断言した。

「命あっての物種《ものだね》だ」

ウォル・グリークにどれほど不満を抱いていても、家が絶えては意味がない。

ゾラタスに味方すれば広大な領地と大国の重臣の地位を手に入れられるかもしれない。

だが、ウォル・グリークに反旗を翻《ひるがえ》したら命がない。メイスン男爵家も絶えるかもしれない。

何よりも家名を重んじる貴族である以上、選択の余地はないのだと男爵は言った。

「まことに申し訳ないが、今後はこのようなことは控えていただきたい」

こうまできっぱり言われてしまっては、ポターも説得の無駄を悟った。慇懃に頭を下げた。

「——そのように主に申し伝えましょう」

男爵との面談を終えたポターは小者に案内されて客室に通された。

大きな窓には分厚い布が掛かっている。

布を除《の》けると、はめ殺しの硝子《ガラス》の窓が現れた。

硝子は貴重品である。男爵はポターを上客とみて、格の高い客間に通すように言ったのだろう。

庭に面した部屋だったので、赤々と燃える焚火も門の傍の篝火もよく見えた。

庭のあちこちに黒々とした人影が点在している。

ポターは寝台には入らなかった。

夜着に着替えもしなかった。

手燭を持ち、するりと部屋を抜け出すと、通路の突き当たりにある塔に向かった。

この塔の最上部は鐘楼《しょうろう》になっている。塔自体にも四方を見渡せるように、いくつも窓が開いている。

この窓には硝子も嵌《は》まっていなければ雨戸もない。

塔そのものが見張り台を兼ねているからだ。

ポターは手燭の灯《あか》りを頼りに塔に入った。

館の角にあるこの塔まで、庭の男たちの話し声や笑い声が聞こえてくる。

ポターはそっと、螺旋《らせん》状の階段を登り始めた。

表の庭に面した窓、館の横に面した窓を通り過ぎ、裏庭に面した窓の前で足を止める。

懐《ふところ》から呼子《よぶこ》を取り出し、鋭く一度吹いた。

喧噪《けんそう》に混ざって響いた笛の音に、ヴァンツァーとレティシアは素早く周囲を窺った。

男たちは雑談に夢中で気づいていない。

しかし、今のは間違いなく合図だ。

誰が誰に向けた、何のための合図なのか……。

答えはすぐに明らかになった。

屋敷の裏手のほうが急に明るくなったのだ。

それと同時に、異様な臭《にお》いが強烈に漂《ただよ》ってくる。

「火事だ！」

叫んだのは誰だったか、男たちは仰天した。

いっせいに腰を浮かせかけた。

ヴァンツァーとレティシアも驚いた。なぜなら、荷車を運んできた四人はまだ彼らの視界にいる。

すなわち、この出火が人為的《じんいてき》なものだとしたら、他の誰かがやったことになる。

（館の中に内通者がいたのか？）

（違うな。樽の中身だ）

あの中に人が潜《ひそ》んでいたのだ。そしていくつかの樽の中身は恐らく油だった。なぜなら、ここからもわかるほど、裏庭で燃え上がる火の勢いが激しい。

「逃げろっ！」

叫んだ声と同時に、まさに四人の男たちが正門に向かって走った。

こんな時には自然な行動だっただろう。

だが、四人は狭い通用門から逃げるのではなく、閉ざされていた正門を開け放ったのだ。

その途端、闇《やみ》を切り裂いて、けたたましい嘶《いなな》きが響き渡った。同時に馬蹄の響きが迫る。

その音は驚くほど近かった。暗がりを利用して、門のすぐ傍まで接近して潜んでいたに違いない。

門番が慌てて門を閉めようとした時にはもう遅い。恐ろしい勢いで、何頭もの馬が駆け込んできた。

ヴァンツァーとレティシアは反射的に、積まれた丸太の陰に身を隠していた。

騎手が皆、矢を構えているのが見えたからだ。

間一髪だった。

弓弦《ゆづる》が次々に鳴り、男たちの悲鳴が響く。

正門からなだれ込んだ夜盗たちはその勢いのまま、屋敷の中へ突入していった。


シェラはこの時、二階の一室にいた。

自由戦士という身分なら、普通は従僕たちと同じ、大部屋をあてがわれるところだが、花嫁と従姉妹の恩人とあって、男爵が特別に計らってくれたのだ。

もっとも、客にも『格』というものがある。

シェラが通されたのはそれほど重要ではない客を泊めるための部屋だと、すぐにわかった。

分厚い床を通しても、階下で女たちが忙しそうに働く気配が伝わってくる。この下が厨房《ちゅうぼう》なのだろう。それでも大部屋に比べると、扱いは格段に上である。

寝台に入ってはいたが、まだ寝入ってはいなかったシェラは外の異変にすぐに気づいた。

この部屋には裏庭に面した窓がある。

硝子はない。雨戸が閉められているだけだ。

開け放つと、異様な熱気が吹き込んできた。

裏庭で大きな炎が勢いよく燃え上がっている。

こういう館の裏庭には様々な建物が建っている。

納屋もあれば、厩舎《きゅうしゃ》もある。召使いの家もある。

何が燃えているかは定かではなかったが、異変に気づいた人々が消火に駆けつけ、家畜も騒いでいる。

同時に、館の表のほうでも騒ぎが起きた。

けたたましい馬蹄の響きと男たちの悲鳴が聞こえ、シェラは急いで身支度を調えた。

(夜襲？　それにこの出火)

この両方が偶然、同時に起きたりするはずがない。

それはシェラのほとんど直感だった。

不始末からの出火にしては火の回りが早すぎる。

意図的に仕組まれたものだとしたら目的は何か？

総領の結婚とあって、各地から多くの進物《しんもつ》が届いている。それを狙った物取りの可能性が高い。

次に、自分が何をするべきかを思案した。
王妃はいない。指示をくれる人がいない。
自分で自分の行動を決めなければならない。
今のシェラの目的は北を目指すことだ。
従って、最善なのは、夜盗に見つからないように
この場を離れることだ。
やろうと思えば簡単にできる。この二階の窓から
飛び降りることもシェラには容易《たやす》い。まして夜だ。
暗がりに紛れながら移動し、騒ぎに乗じて門から
出ればいい。今なら夜盗は屋敷を襲うことに夢中に
なっているはずだから、恐らく問題はない。
だが、それでは屋敷の人たちを、特に女性たちを
見殺しにすることになる。
(王妃《あのひと》なら、そうはしない)
シェラは窓から飛び降りるのではなく、扉を出て、
廊下を走った。

同じ頃、庭のヴァンツァーとレティシアも決断を
迫られていた。
今の自分たちの役目はシェラの動向を監視しつつ、
無事にスケニアへ入るまで見届けることだ。
すなわち、ここで死なれては困るのである。
レティシアが囁《ささや》いた。
「このくらいの館なら私兵をおいているはずだぜ。
それがほとんど出てこねえ」
ヴァンツァーも頷いた。
「火をつける前に始末したのかもしれんな」
「あり得るねえ……」
二人は荷車の様子を思い返していた。
四人がかりで動かすくらいだ。頑丈《がんじょう》につくられ
た大きな荷車だった。積み上げられた樽は十五以上
はあっただろう。あの中身がほとんど人間だったら、
最悪の場合、十五人が裏庭に運ばれたことになる。
レティシアがさらに言う。
「――で、四人が家の中に入って行った。こいつは
物取りじゃないぜ」

そう断定できるのは、彼らがシェラよりも詳しい情報を知っていたからだ。さっきの呼子、大人数を樽に潜ませた位置取り、さらに彼らの眼の前では今、六頭の馬が走り回っている。

うち四人は騎手が替わっている。

駆け込んできた賊のうち四人が馬を飛び降りて、勝手口へ向かって走ったのだ。

夜更けだから、正面玄関は鍵が掛かっている。

しかし、庭では男たちが飲み食いして、女たちも行き来をしている。つまり勝手口は開いている。

その事実と、勝手口の場所を知っていたわけだ。

こうした一連の動きは最初から冷静で、なおかつ夜目の利くヴァンツァーとレティシアだからこそ気づいたことで、逃げ惑う人々にそんな余裕はない。

空《から》になった馬には正門を開けた四人が飛び乗り、ことさら猛々《たけだけ》しく走り回って人々を威嚇《いかく》している。

総領息子の婚礼とあって、祝いの金品がたくさん届けられているのは確かだが、それが目当てなら、こんなにけたたましく騒ぐ必要はない。

他の地方領主が攻めてきたわけでもない。

何か遺恨《いこん》があって合戦にするなら、まずは尋常に使者を立て、理由を述べる必要がある。先程までの祝い事に浮かれた様子からして、この館がそうした『宣戦布告』を受けていないのは明らかだ。

となると、残るのは、恐ろしく派手なやり口だが、彼らにも馴染《なじ》みの仕事——暗殺ということになる。

レティシアは納得しかねて首を捻った。

「ただの地方領主だぜ。なんで命を狙われる？」

ヴァンツァーも頷いて、付け加えた。

「しかもこの仕掛けは大がかりすぎる。必要以上に目立つようにやっている印象を受ける」

目的はわからないが、正門から入った四人に加え、裏庭に潜んでいた連中も館の中に突入したとしたら、シェラ一人では手にあまる数だ。

「しょうがねえ。一働きするか」

あっさり言ったレティシアだった。

「裏庭を片付けてくる。おまえは建物の中、担当な。お嬢ちゃんに見つからないようにしろよ」

ヴァンツァーは呆れたように言い返した。

「――誰に言っている？」

シェラの部屋は建物の端《はし》にあった。

廊下を走る途中、男たちの怒声と女たちの悲鳴がひときわ大きく聞こえる場所にさしかかった。

シェラは『職業柄』よく知っているが、こういう大きな館には召使いの使う細い裏階段がある。

案の定、そこから男が一人、駆け上がってきた。

屋敷の人間ではない。他家の従僕でもない。

見るからに怪しげな男は既に剣を抜き払っている。

今夜は婚礼の前祝いとあって、廊下のあちこちに掛燭が灯されている。

頼りない蠟燭《ろうそく》の灯りでも、シェラの眼はその剣がまだ血に濡《ぬ》れていないことまで見て取った。

雑魚《ざこ》には目もくれずに駆け上がってきたわけだ。

男のほうは、眼の前に現れたシェラを初の獲物にしようと思ったに違いない。

ものも言わずに斬りつけてきた。

シェラは飛び退《との》いて、その一撃を躱した。

剣戟《けんげき》には（王妃や国王に比べたら）まったく自信がないシェラだが、一通りは剣を使える。

まして、相手はシェラのことを館の従僕か何かと思っていたのだろう。素人を斬るつもりの攻撃では、生粋《きっすい》の暗殺者として生きてきた青年は斬れない。

空振りして大きく体勢を崩した相手に、シェラは果敢《かかん》に飛び込み、逆に一太刀で斬って倒した。また一人駆け上がってきたが、待ち構えていたシェラは充分な態勢で男を迎え撃ち、これも斬り捨てた。

一息ついた時、背後で声がした。

「ショーンどの！」

振り返ると、フレッドが廊下を走ってくる。

この時、さらに二人が裏階段を駆け上がってきた。

それを見たフレッドはシェラに加勢しなくてはと

思ったのだろう。こちらを目指して突進してきたが、シェラは彼を遮る形で、フレッドと二人の男の間に割って入った。しかし、自分の腕では二人を同時に相手にするのは難しい。

素早く鉛玉を擲《なげう》った。

慣れた武器だ。見事に命中する。

「ぎゃっ！」

「ぐあっ！」

二人は悲鳴をあげて倒れた。

フレッドが驚いてシェラを見た。何をしたのかと訊きたかったのだろうが、シェラはかまわず言った。

「ご婦人方の部屋へ」

「えっ？」

「妻を守るのが、あなたの役目だ」

フレッドは、はっとなった。

「しかし、ここはどうする？」

他の賊が登ってくる可能性を指摘したのだろうが、シェラは首を振った。

「二階へ上がる階段は他にもある。ご婦人方の身の安全を優先するべきです」

館の住人であるフレッドは、たちまちその危険に気づいた。身を翻したが、振り返って尋ねた。

「あなたは？」

「他の賊を片付ける」

これでひとまずグラディスたちは安全と判断し、シェラは暗い廊下を進んでいった。

同じ頃、ポターもメイスン男爵の居室に押しかけ、驚愕《きょうがく》の悲鳴を発していた。

「男爵！　いったい何事です⁉」

白々しい台詞《せりふ》だが、メイスン男爵は、この異変がポターの手引きによるものとは知る由もない。

しかし、男爵も戦を生き抜いてきた武人である。こんな時の対処は心得ている。召使いに手伝わせて武具を身につけ、大声で命じているところだった。

「鐘を鳴らせ！」

ここは個人の館であって城ではない。多数の兵を蓄《たくわ》えておく設備はない。男爵の兵もごく一部を除き、平常時は領民として館の外に家を持っている。

この夜更けに鐘が鳴り響けば、異変を察した領民たちはたちまち兵と化して男爵の下に駆けつけてくる。

息子の慶事の前に家を襲ったこの事態に、男爵は激怒《げきど》していた。真っ赤になっていたが、まだ自分の優位を信じてもいた。

ポターを安心させるように言う。

「不埒者《ふらちもの》が大胆にも夜襲を掛けてきたようですが、ご心配なく。この程度の賊は、当家の守兵がすぐに鎮圧《ちんあつ》します」

城で言うなら既に本丸に突入されているわけだが、男爵の言葉は決して虚勢ではなかった。

むしろ、男爵はポターを心配していた。腰に剣を差しながら言った。

「兵どもはあなたの顔を知らない。この暗がりでは万一のことがないとも限りません。部屋に戻って、騒ぎが収まるまで、じっとしていてください」

「しかし、裏庭で火が燃えておりますぞ！」

「すぐに消火します。――おまえたちも行け！」

召使いたちに号令を下し、身支度を調えた男爵も部屋から飛び出そうとした。

それをポターが焦った様子で止めたのだ。

「お待ちください。賊は相当な人数ですぞ。迂闊《うかつ》なことをなさってはあなたも危険です」

さらに早口で言いつのる。

「わたしも男爵の傍に残ります。わたしの手の者にこちらに来るよう言ってください」

確かに、手は多いほどいい。

あの屈強な従者たちなら充分戦力になる。

男爵は唯一傍に残していた小者に使いを言いつけ、小者が部屋を飛び出していった――その時だ。

小者の悲鳴が聞こえ、二人の賊が勢いよく部屋に駆け込んできた。

「おのれ！」

男爵は剣を抜き払った。非武装のポターは当てにできない。二対一だが、ここは男爵の屋敷だ。すぐに家来が駆けつけてくるはずだった。

案の定、男爵が賊と一合を交える前に、賊の後を追うようにして駆け込んできた者たちがいる。

ポターの従者たちだった。

小者が知らせに行くまでもなく、ポターを案じて、ここまでやってきたのだろう。館内の物騒な気配に対応して、二人とも既に剣を抜き払っている。

男爵の家来ではないが、味方には違いない。

三対二でこちらが有利——と男爵は思った。

ところが、従者の一人が意外なことをした。

部屋の扉を素早く閉め、背中で扉を押さえたのだ。

内開きの扉である。これでは外から開けられない。

新たな賊が入ってくるのを防ぐためかと思ったが、ポターがするりと男爵の傍を離れた。

堂々と賊に近づきながら、男爵を顎《あご》で示した。

「その男だ」

すると、二人の賊と二人の従者が、ぴたりと息を合わせて男爵に刃を向けたのである。

メイスン男爵は呆気《あっけ》にとられた。

驚きすぎて『何のつもりだ！』と問《と》い質《ただ》す声すら出てこなかったが、問うまでもなかった。

ポターがじわりと、不気味《ぶきみ》な声で答えを言った。

「我が主は役に立たないとわかったものを生かしておくほど、悠長《ゆうちょう》なお方ではございません」

「————！」

男爵の顔に一気に血が上り、次に蒼白になった。

三対二どころか、四対一である。迂闊にも自分の命を狙うものをまんまと家に入れてしまったのだ。

賊の二人が問答無用で男爵に襲いかかる。

一瞬で終わってもおかしくないところだったが、追い詰められた人間は時に驚異的な力を発揮する。

男爵は無我夢中で抵抗した。二人を相手に激しく斬り結び、なかなか倒れない。

ポターは苛立《いらだ》たしげに従者たちに眼で合図した。

長引かせて助けを呼ばれては厄介《やっかい》なことになる。

扉を押さえていた従者も、部屋の中へ一歩、足を踏み出そうとした。

その瞬間を狙ったように扉が開いたのである。

これはまったくの偶然だったが、背中を押されて従者がつんのめるのと、室内に入ってきたシェラが状況に眼を見張るのとは同時だっただろう。

扉を開けた時、シェラは既に鉛玉を握っていた。

こんな時には習い覚えた性《さが》が頭より先に動く。

男爵が危険と見て取るや否や、シェラはほとんど反射的に鉛玉を擲っていた。

男爵に斬りつけていた賊に見事に命中し、二人が悲鳴をあげる。シェラの使う鉛玉には一撃で相手を絶命させるような威力はない。だが、身体に異物が食い込んで、動きの鈍らない人間はいない。

戦闘能力を奪うにはそれで充分なのだ。

男爵がすかさず反撃に転じ、手負いの二人を追い詰める。従者の一人が仲間の加勢に向かい、一人は踵《きびす》を返して、シェラに斬りつけてきた。

シェラは動じなかった。初めて剣を抜き、相手の一撃を的確に受け止め、一太刀で斬って倒した。

剣術は本職でないとは言え、暗がりでの眼の確かさ、素早い身のこなし、何より刃物の扱いに関してなら、そんじょそこらの無頼漢の比ではない。

加えて、シェラは先日の戦で、兵士相手の戦いも経験している。暗殺の手段しか知らない昔に比べて、格段に腕はあがっているのだ。

一方、男爵も、手負いの二人と、新たに加わった従者を相手に果敢に戦っていた。

すると、ポターが隠し持っていた短剣を抜いて、男爵の背後から襲いかかったのである。

これにはシェラも驚いた。

誰かは知らないが、身なりからして、館の客人と思っていたからだ。しかも、手つきがおぼつかない。

武器を扱い慣れていないのは明らかだ。

それなのに、破れかぶれで、体当たりするように突進したのである。

斬りつけられた男爵が悲鳴をあげる。

シェラは部屋の奥へ走り、傷を負いながらもなお剣を振り回していた賊の一人を斬って捨て、賊から奪った剣を無傷の従者に向かって投げつけ、相手が怯《ひる》んだ隙《すき》に、もう一人の賊を斬って倒し、すかさず態勢を整えて、無傷の従者と斬り結んだ。

この従者は屈強な体格で、なかなかの腕だった。まともに斬り合ったのではこちらが不利だ。足を使って飛《と》び退《すさ》り、シェラは懐から取り出した短剣を思いきり擲った。

シェラを細身の若者と侮り、大きく振りかぶって斬りつけようとした相手の胸に見事に命中する。

従者は絶命して倒れ、男爵の怒声がした。

「おのれ！」

怒りに満ちた男爵の剣は、慌てて逃げようとしたポターの背中に襲いかかり、一撃で倒していた。

男爵も力つきたように、膝《ひざ》からくずおれる。

シェラは近づいて声をかけた。

「ご無事か？」

男爵はぜいぜい喘《あえ》ぎながら頷いた。

防具を身につけていたのが幸いし、背中に受けた傷はごく浅いようだった。出血もさほどではない。

男爵はその傷にも気づかない様子で、眼に暗い光を宿して、たった今、殺した相手を見つめている。

シェラは不思議そうに質問した。

「この男は、館の客人では？」

「……カペル子爵の使者だ」

「身分を偽っていたのか？」

男爵は蒼白な顔で首を振った。

「……本物だ。カペル子爵直筆の手紙を持っていた。息子の婚礼を、祝うと……」

唸《うな》るように言って激しく身震いした男爵は、何を思ったか、膝をついたまま、シェラを見上げてきた。

「ショーンよ。そなたは命の恩人だ。かくなる上は従姉妹からだけではない。わたしからも頼む。今後は当家に仕え、わたしを守ってくれ」

殺されかけた人間が助かった途端にこんなことを言う理由は一つしかない。

冷静にシェラは訊いた。

「また同じことがあるとお考えなのか？」

「……そうだ」

「カペル子爵との間にどんな遺恨が？」

男爵は苦悩の表情で首を振った。

「子爵ではない……」

「では、誰の差し金だ？」

男爵は答えない。簡単には明かせない名前らしい。

シェラはゆっくりと、もったいぶって指摘した。

「心当たりがあるなら、先に話してもらわなくては、護衛はできない。敵が手強いのなら、なおさらだ」

懊悩《おうのう》する男爵は吐き出すように言ったのである。

「タンガ国王だ……」

シェラは軽く眼を見張った。

一国の王——それもゾラタスのような強大な王に直々《じきじき》に命を狙われたという事実は、一地方領主には重すぎるのだろう。男爵はそれこそ追い詰められた野良犬のような眼差しをシェラに向けてきた。

「わかっておろうな。これを聞いたからには否《いな》とは言わさんぞ」

腕利きの若者を何とか確保しようと必死のあまり、懇願《こんがん》というより脅迫《きょうはく》めいた口調だったが、シェラは微塵《みじん》も動じなかった。嫣然と微笑んだ。

「いいえ。それを聞いた以上は、わたしは去らねばなりません」

別人のような口調で話し出したシェラに、男爵が眼を見張る。

美しい微笑を浮かべながら、シェラは続けた。

「故《ゆえ》あって本当の名も詳しい素性も申せませんが、わたしはコーラル城から参りました」

男爵の顔色は紙よりも白くなった。

「ま、まさか、陛下の……」

「はい。お傍近くに仕える者です」

嘘ではない。王妃は国王のもっとも近くにいるし、自分はその王妃に仕える者なのだから。

「お従姉妹《いとこ》さまと花嫁を救ったのは偶然でしたが、男爵は自らの手で、この使者を斬り捨てた。それをこの目で確かめられたことは思わぬ収穫でした」

男爵はぽかんとしている。何を言われているのかわからない様子だった。

「失礼ながら、以前の男爵が陛下とタンガ国王との間で揺れていたことは、わたしも承知しております。そのタンガ国王が男爵のお命を狙ったということは、あなたの忠誠は今は陛下にある。違いますか？」

息を吹き返して、男爵は大きく頷いた。

「お、おお……、そのとおりだとも！」

「このことを知れば、陛下もきっとお喜びになるに違いありません。ですから、明日には発ちます」

「そ、そうか。しかし……」

男爵は恐ろしいものを見るように、自分で害したポターの死体に再び眼をやった。

「この始末をどうすれば……」

「事実を伝えることです」

「……は？」

「カペル子爵には、お使者の滞在中、当家は夜盗の襲撃を受けたと。幸い家人に被害はなかったが、お使者が果敢にも自分を守ろうとしてくださった結果、凶刃に倒れてしまったと。勇敢なお使者であった、惜しい人物をなくしてしまった、まことに無念だと弔辞《ちょうじ》を述べて、進物をお遣わしなさい」

男爵は理解しかねる顔だった。そんなことをして何の意味があるのかと思っているのかもしれないが、戦場は管轄外《かんかつがい》でも、この状況ならシェラの独壇場《どくだんじょう》だ。

本来の口調に戻したのも、慣れない言葉遣いでは存分な説明ができないということもあるが、何よりこちらのほうが効果的だからだ。

「直筆の手紙を持っていたのなら、子爵がこの件を知らないはずはありません。子爵は主君の意に従い、男爵の暗殺に荷担したはずです。そこに男爵からの知らせが届けば、必然的に差し向けた刺客が失敗し、男爵が生き延びたことがタンガ国王に伝わります。タンガ国王は、自分に従わないとこうなるぞという見せしめの意味合いで、男爵を殺そうとしたのです。すなわち、殺す相手は自分を粗略《そりゃく》にした者ならば、誰でもいい。男爵が選ばれたのは地理的にタンガに近いということもあったでしょうが、タンガ国王は合理的な方です。こちらの手強さを知らしめた以上、二度あなたを狙うことはありますまい」

見せしめにするはずだったのに、逆に手痛い目に遭《あ》わされたのでは割に合わない。

「ですから、他にタンガと親しく連絡を取っていた方がいるなら、その方に身辺に気をつけるようにと警告されたほうがよろしいでしょう。最後にこれはわたしからの忠告ですが、カペル子爵への進物は、男爵の弔意を示す意味でも惜しんではなりません。『客人として迎えた使者』を『こちらの不手際《ふてぎわ》』で『死なせてしまった』のですから。謝罪の念も含め、平常時よりも豪華にされることをお勧めします」

男爵はもはや声もない。救世主を見るような眼でシェラを見つめている。

「それでもなお、今後もタンガから何らかの接触があるようでしたら、隠し立てはせず、ありのままをコーラルにお知らせください。我が陛下はご自分に忠誠を誓《ちか》った臣下を見捨てる方ではございません」

「わ、わかった……」

何とか気力を取り戻した男爵は青ざめながら頷き、シェラも頷き返して部屋を出ようとした。

そこで思い直して、従者の死体から、先程投げた短剣を抜き取り、血を拭って再び懐に収めた。

鉛玉も回収したいところだが、男爵の眼の前で、死体をほじくるのはいかがなものかと案じていると、慌ただしい足音が近づいてきた。

この時、男爵は剣を支えにようやく立ち上がったところだった。シェラは男爵を守る形で構えたが、駆け込んできたのは男爵の私兵だったらしい。

「お館さま！　ご無事ですか！」

男爵は明らかにほっとした様子で頷いた。

「ああ、大事ない。賊はどうした？」

「はっ！　それが、同士討ちでもしたのか、我らが館に入った時はほとんど倒れておりました。火事も消火が進んでおります」

実はファロット二人の仕業である。

レティシアが裏庭に回ると、思った通り、怪しい男たちが火付けと暴行に働いているところだった。

守兵を蓄えていると覚しき家に押し込み、不意を突いて殺害した後、家にも火を放っている。轟々《ごうごう》と音をたてて炎が燃え上がり、小者や女たちは悲鳴をあげて逃げ惑っている。

目も当てられない混乱状態だが、光が強ければ、その分、影が濃くなるのだ。

レティシアはその闇の中に潜む生き物だった。

この騒ぎも彼には好都合でしかない。

誰にも気づかれることなく、一人、また一人と、着実に男たちを倒していった。

賊がいなくなったので、生き残った人々は必死で消火活動に当たったのである。

建物の中に入ったヴァンツァーも同様だ。

彼が音もなく勝手口から入って行くと、女たちのすすり泣きが聞こえてきた。先に飛び込んだ連中は非戦闘員には手を掛けなかったらしい。

代わりに正面玄関を開け放ったようで、庭で暴れ回っていた連中が駆け込んできた。

一人か二人は見逃してしまったが、後から入った連中は残らずヴァンツァーの餌食《えじき》になったのである。

建物の中の気配から、これでだいたい片付いたと判断した彼は堂々と正面玄関から外に出た。

裏庭からレティシアも戻って来て合流する。

庭に出てみると、男たちの乗ってきた馬が六頭、立木に繋がれていた。

これ幸いとばかり、二人はうち二頭を拝借して、館から駆け去ったのである。

翌早朝、シェラは男爵の館を出立《しゅったつ》した。

既に村人が大勢やってきて、賊の死体を片付けて、火事の後始末に取りかかっている。

賊の死体は穴を掘ってまとめて埋《う》めたが、男爵はポターの死体だけは丁重に埋葬するように命じた。

「カペル子爵に、お詫《わ》びしなくてはな……」

沈痛な面持ちで悔いの言葉を述べる男爵を見れば、誰も男爵自らその男を倒したとは思わないだろう。

シェラの身分では本来、後片付けを手伝うところだが、先を急ぐという理由で勘弁してもらった。

男爵は、手傷を負った身体で、わざわざ門扉まで出てきてシェラを見送ったのである。

「ショーンどのには感謝の言葉もない」

一介の自由戦士に深々と頭を下げる。

その言葉には深い心情が籠《こ》もっていた。

「従姉妹や花嫁ばかりか、この館とわたしの命まで救っていただいたのだ。かたじけない」

横からグラディスも昵懇《じっこん》な言葉をかけてきた。

「本当にありがとうございました。ショーンどの。またきっと、お立ち寄りくださいね」

次期当主のフレッドも笑顔で請け合った。

「いつでも歓迎します」

そのフレッドの横にはエリスが立っている。

夫となる人が傍にいるので、父の言いつけを少し曲解して、自ら礼を言うことにしたらしい。

「昨日のご恩に加え、義父を救ってくださったこと、心からお礼を申しあげます」

口調は固いが、シェラを見る眼には純粋な好意と感謝の気持ちが溢れている。

「ショーンどののおかげで、こうして夫となる人に会うことができたのです。このご恩は忘れません」

「気にしなくていい」

シェラは言ったが、これではあまりに素っ気ない気がして、少し考えて付け加えた。

「お幸せに」

「はい。ありがとうございます」

エリスは晴れやかな笑顔で見送ってくれた。

フレッドもグラディスもだ。

メイスン男爵に到《いた》っては、

（陛下には、何とぞ、よしなに……）

と眼で訴えているのが明らかで、シェラは無言で会釈を返し、男爵は安堵の息を吐いていた。

少しは『男らしく』振る舞えたようで、シェラは満足して館を離れたのである。


スケニアのファロット館を出た後――。

夜の荒野でシェラは一人、立ち尽くしていた。

ファロット伯爵に会って、新たな指示をもらって、今まさにその仕事に取りかかろうとしたところだ。

それなのに、足が動かない。

グラディスの言葉がまざまざと脳裏に蘇《よみがえ》る。

（主人に捨てられた犬というのは哀れなものです）

まさに今の自分のことだ。

『男らしく』どころではない。

自分はまだ人間《ひと》にすらなれていない。

情けなかった。恐ろしかった。

どうしたらいいのか、わからなかった。

寒さからではない震えに襲われているシェラを、レティシアはおもしろそうに見つめていた。

里を失った連中は皆、同じ行動を取る。

主の指示通りに動き、主から死ねと命令されたら、何も疑わずにそのとおりにする彼らは、命令を下す相手がいなくなると、何もできない。

これも結局は、その一匹《いっぴき》かと思いながら近づいて、からかうような声をかけた。

「どうした。お嬢ちゃん？」

嵐の後

眼の前の光景に、ウォルは馬の口を押さえながら、呆然《ぼうぜん》と立《た》ち尽《つ》くしていた。

昨夜の嵐が嘘《うそ》のように晴れ渡り、さわやかな夏の朝日が降《ふ》り注《そそ》いでいる。山の空気も冴《さ》え冴《ざ》えとして、一日の始まりとして最高に気持ちのいい朝なのだが、昨日は確かに渡ったはずの橋が跡形もない。

その下を流れていた川は、まだ嵐の名残を残して、大幅に水かさが増している。ウォルのすぐ足下まで水が来るほどだ。

ごうごうと激《はげ》しい音をたてながら、渦《うず》を巻く水の凄《すさ》まじさに、馬が尻込みしている。

これを泳いで渡るのは論外だった。

どんな水泳の達人でも、たちまち流れに飲まれて一巻の終わりだ。途方にくれていると、川の対岸に数人の村人が現れた。

馬と佇《たたず》むウォルを見つけ、水音に負けないように大きな声を張りあげてくる。

「おうい！　あんた、無事かい⁉」

「ダルシニさんのところのお客さんかい！」

ウォルも負けじと大声を張りあげた。

「おお！　そちらはメイバリー村の者か⁉」

「あいよう！　ダルシニさん家は大丈夫《だいじょうぶ》かい⁉」

「ああ！　家は何事もないぞ！」

村人たちは、それを聞いて安心したらしい。

「すんぐに橋を架け直すけどよう！」

「今日明日ってわけにはいかねえんで！」

「四、五日、待ってくだせえ！」

この急な流れをどう攻略するのかと懸念《けねん》したが、ウォルも大声で叫び返した。

「わかった！　面倒をかける！　よろしく頼む！」

そんなわけで、ウォルはたった今来た道を戻り、橋が落ちたことをダルシニ家の人々に知らせたのだ。

出立《しゅったつ》したばかりの客が戻ってきたので、召使いのテス夫人も、女主人のポーラも驚いて出迎えたが、橋が流れたと聞いても彼女たちは動じなかった。

ポーラはウォルを安心させるように笑顔で頷《うなず》いた。

「以前にもたびたび流れている橋ですから。食料は充分ありますすし、問題ありません」

「それはよかった」

ウォルも胸を撫《な》で下《お》ろして尋《たず》ねた。

「他に下山できる道を教えてもらえますか？」

すると、ポーラは気の毒そうな顔になった。

「ありません」

「ない？」

「はい。弟も子どもの頃に家出しまして、あの道を使わずに山を下りようとしたら見事に迷子になって、足をくじいて動けなくなりました。木こりが助けてくれましたから、事なきを得ましたけど……」

不安そうな表情のポーラとは対照的に、ウォルは身を乗り出して尋ねた。

「では、その木こりの家を教えてください」

山に住む木こりなら、他の下山道も知っているに違いないと思ったのだが、そう簡単ではないらしい。

ポーラはまるで叱《しか》られる子犬のように縮《ちぢ》こまって、小さな声で答えたのである。

「木こりの家は……橋の向こうなんです」

「……はい？」

「この家からだと、ちょうど山の反対側になります。それで弟を見つけてくれたんですわ。──ですけど、その時、木こりも言っていました。自分でも、あの道以外のところを下って村に降りようなんて無茶はしないって。坊ちゃんは運がよかっただけだって」

玄関の外で話す二人のやりとりが聞こえたようで、庭師のベック爺《じい》も心配そうに割り込んできた。

「お客さん。こっち側から山を下ろうなんて馬鹿《ばか》な真似は考えんでくだせえよ。わしだって、この山のことなら、木こりに負けねえくらい詳しいが、村に降りられるのは橋の向こうの道だけだ。こっち側は下ろうとしても沢や崖《がけ》に突き当たるだけなんです。お願いですから、やめといてくだせえ」

　ポーラも急いで言ってきた。

「ウォルさまが弟と違って立派な方なのはわかっていますが、お供の人を一人も連れずに、こちらから山を下ったりして、途中でもしものことがあったら大変です。取り返しがつかなくなります。どうか、橋が架かるまで当家にご滞在ください」

「いや、しかし、そんなご迷惑は……」

　ポーラは強い女性《ひと》だった。熱心に言ってきた。

「何分、田舎《いなか》の家ですので、行き届かないところもあるかと思いますが、村の人たちは橋を架けるのに慣れています。そんなに長くは掛かりませんわ」

　もう致し方ない。ウォルは観念して、あらためて深く頭を下げた。

「……わかりました。ご厄介《やっかい》になります」

「いいえ。どうかご遠慮《えんりょ》なく。こんな僻地《へきち》ですから、村の人以外とお話しできるのは嬉《うれ》しくて……」

　社交辞令ではないのはポーラの顔を見ればわかる。久しぶりの客人がしばらく滞在してくれる喜びに輝いていたが、ウォルは首を振った。

「ただお世話になったのではあまりに申し訳ない。当初の予定通り、猪《いのしし》を退治しましょう」

　ウォルは有言実行の男だった。その日のうちに、巨大な猪を担《かつ》いでダルシニ家に戻って来た。

　テス夫人もベック爺も、この離《はな》れ業《わざ》には驚いたが、ウォルは笑って言ったのである。

「腕前を褒《ほ》められると、正直、面映《おもは》ゆい。単に運がよかったのだ。俺が弓を構えたところに、ちょうど猪のほうから飛び出して来てくれた。こんなことがあるのかと眼を疑ったぞ」

　その状況で獲物を仕留《しと》め損ねるわけがない。

　本来なら二人がかりで担ぐような大物だったが、連れはいなかったので、やむなく担いできたのだ。

　並外れた体軀《たいく》のウォルよりも大きい猪だったので、ポーラは大喜びだった。

「こんなにたくさん肉が手に入るなんて！」

そのたくましさに、ウォルのほうが驚いた。

獣肉《じゅうにく》の処理は決して生やさしい仕事ではない。

臓物《ぞうもつ》の生臭《なまぐさ》さに顔をしかめ、吐《は》き気《け》を催《もよお》す女性も少なくないはずなのに、ポーラは怯《ひる》まない。

包丁《ほうちょう》を手に、巨大な肉の塊《かたまり》に挑《いど》もうとする姿を感嘆《かんたん》して眺《なが》めていると、その視線に気づいたのか、ポーラが恥《は》ずかしそうに、そしてちょっぴり申し訳なさそうな表情を浮かべて、言ってきた。

「はしたないとお思いでしょうが、こんな田舎では、何でも自分でするしかなくて……」

ウォルはぎょっとした。

自分の態度が大きな誤解をさせてしまったと悟り、慌《あわ》てて否定した。

「とんでもない！」

思わず大きな声が出てしまう。

海千山千の他国の外交官と交渉している時でも、こんなに焦《あせ》ったことはないと思うくらいだった。

「はしたないどころか、久しぶりに、本物の婦人を見たと思ったのです。俺の故郷も山中でこそないが、厳《きび》しいところで、女性たちは皆、男の狩った獲物を見事な手際《てぎわ》で捌《さば》いていました。俺の母も……身体の弱い人だったので、力仕事は父に任せていましたが、よく台所に立っていたものです」

そこまで言って、怪訝《けげん》そうに質問する。

「どなたかに、はしたないと言われましたか？」

ポーラはまた少し顔を赤くして、素直《すなお》に頷いた。

「……はい。ずいぶん昔のことですけど。獣《けもの》の肉を捌くなんて野蛮《やばん》な仕事は、召使いに任せるものだと。ですけど、ここではそうも言っていられません」

「ごもっともです。これだけの大物ならなおさらだ。何かお手伝いできることはありますか？」

ポーラは変な遠慮はしなかった。すぐに言った。

「それでは、頭を落としてもらえますか？　かなり力の要《い》るところなので……」

「心得た。肉の始末を急がねばなりませんからな」

「そうなんです。冬なら凍らせておけるんですけど。

この季節では早く塩を振ってしまわないと」

「背脂《せあぶら》も取って煮るのでしょう？」

「まあ、よくご存じで……」

「母の仕事を見ていましたから」

　そんな話をしながらも、ウォルは猪の首を落とし、ポーラは皮を剝《は》ぎ、テス夫人も加わって、大忙しで働いた。ウォルは力仕事で活躍したが、大きな肉を切り分けてしまうと、後は女性たちの仕事になる。

　そこでウォルは外へ出て、嵐の後始末をしていたベック爺に、何かすることはないかと訊《き》いてみた。

「しばらく厄介になるのだから、働かねばな」

　真顔で言われて、ベック爺は困ってしまった。

「れっきとした騎士さんに、させられる仕事なんざ、ねえですよ」

「いや、俺一人が遊んでいるわけにはいかん。薪《まき》は昨日のうちに全部割ってしまったが……」

「へい。驚きました。助かりましたよ」

　薪を割るのもベック爺の仕事だ。

　基本的には外でする仕事だが、非常の時に備えて、納屋《なや》にもある程度の薪と丸太を積んである。

　昨夜の嵐で家に閉じ込められてしまった客人は、納屋に用意してあった丸太を全部割って薪にして、きちんと積み上げてしまっていた。

　朝になってそれを見たベック爺は眼を丸くした。

「おかげさまで、また丸太を取ってきませんと」

　ウォルは得たりとばかりに手を打った。

　薪の材料を手に入れるのはかなりの力仕事だ。

　それも普段はベック爺がしているのだろう。

　だが、こんな仕事は若くて体力のある男のほうが向いているに決まっている。

「ちょうどいい。昨日の嵐で倒れた木も多いはずだ。今ならわざわざ切り倒さずとも丸太が取り放題だぞ。納屋に荷車があったな。あれを借りる。斧《おの》もだ」

「いや、ちょっと、お客さん！」

　ベック爺は慌てたが、客人は早くも納屋に向かい、ダルシニ家の馬に荷車を繋《つな》いでいる。

しかし、倒れた木から枝を取り払って、きれいに荷車に積むのは一種のこつがいる。身分の高い人は普通、こんな仕事はしないはずだから、ベック爺はありありと疑いの眼差しを向けてきた。

「お任せして、本当に大丈夫ですかい？」

「心配するな。昔は毎週のようにやったことだ」

王宮で使われている駿馬とは比べものにならない足の短い馬に荷車を繋ぎ、その手綱を取るウォルを見たら、バルロは盛大に嘆《なげ》き、怒《おこ》るに違いない。

「王冠を戴《いただ》く方が何をしてらっしゃるんです⁉」

従弟《いとこ》どのの怒声《どせい》が聞こえるようだなと思いながら、ウォルは森へ入っていった。

思った通り、あちこちで木が倒れている。

枝と梢《こずえ》を払い、適当な長さに切って荷車に運び、それを何度も繰り返して、縄で縛《しば》る。

そうして、昼には猪を狩った男は、今度は荷車に山のように丸太を積んで戻って来た。

ベック爺が呆気《あっけ》にとられている間に、この客人は何度も森と家を往復して、ダルシニ家の庭に丸太の山を積み上げたのである。


翌朝、ウォルは二日続けて、ダルシニ家の客室で眼を覚ました。

まだ太陽が昇ったばかりだが、階下では既に人が働いている気配がする。

階段を降りると、ちょうど食堂に向かおうとするポーラと出くわしたので、朝の挨拶《あいさつ》をした。

「おはようございます」

ポーラも笑顔で挨拶を返してくる。

「おはようございます、ウォルさま。すぐに朝食にしますので、もうしばらくお待ちください」

「では、その前に顔を洗ってきます」

「あ、でしたら洗面器を……」

ウォルは笑って首を振った。

「不要です。外の井戸をお借りします」

ポーラもそれ以上は言わなかった。笑って台所へ引き返していった。

早朝の森の空気は爽快《そうかい》で、夏も近いのに肌寒さを感じるほどだった。

コーラル城も山の上だが、海が近いこともあり、足下に巨大な城下町が広がっているので、ここは空気の匂いからして違う。

冷たく澄んだ井戸水で顔を洗い、深い緑の香りを胸いっぱいに吸い込む。

こんな朝を迎えるのは本当に久しぶりだった。

ポーラがさっき言ったように、王宮では洗面器と水差しが寝室までしずしずと運ばれてくるからだ。

未《いま》だに慣れないし、大仰《おおぎょう》なとげんなりするが、致し方ないと割り切ることは覚えた。

井戸のすぐ傍《そば》の台所から食欲をそそるいい匂いが漂《ただよ》ってくる。その台所からポーラが顔を出して、明るく声をかけてきた。

「ウォルさま。お食事です」

「ありがとう。すぐに行きます」


さすがに台所を突っ切るわけにはいかないので、玄関から家の中に入り直し、質素な食堂へ向かうと、すっかり朝食の用意が整っていた。

焼きたての熱い湯気をたてるハムやソーセージ。そば粉《こ》のパンケーキ、自家製のバターやジャムなど、懐《なつ》かしい料理の数々に、ウォルは顔をほころばせた。

ポーラも同じ食卓について、いろいろと世間話をしながら朝食を取っている。

「こんなに美味《おい》しい食事は久しぶりです」

心からウォルは言った。味はもちろんだが、この雰囲気が嬉しかった。

ウォルが本宮で食事する時は、毒味と侍従《じじゅう》たちがずらりと控《ひか》えている中で、一人で食べている。

味気ないなどという段ではない。西離宮で王妃と食べる時だけは、その堅苦しさから解放されるが、そんな時でも国王という肩書《かたが》きは常について回る。

ポーラは、眼の前にいる男が国王だとは、夢にも思っていない。自分と同じような環境で育った地方貴族の若者だと思い込んでいる。だから話も合う。

本当のことを知ったら、この純真な女性は驚愕《きょうがく》のあまり卒倒してしまいかねない。

気をつけなくてはと思ったものの、元々圧倒的に国王らしくないウォルである。しかも、ここへきてからというもの、気持ちがすっかり昔に戻っている。

心づくしの朝食をきれいに平《たい》らげた後、ウォルは屋敷の女主人に問いかけた。

「今日は何のお手伝いをしましょうか？」

ポーラは慌てて首を振った。

「そんな、滅相もない。猪を退治してくださっただけで充分すぎるくらいです。お客さまにこれ以上、甘《あま》えるわけにはいきません」

「いや、遠慮はなさらんでください。この美味しい食事の分だけでも働かねば申し訳ない」

大まじめに言ったウォルだった。

「そうだ。厩舎《きゅうしゃ》に馬具がありましたが、失礼ながら、少々古びているようだった。あれでは、いざという時に危ない。それに昨日気づいたのだが、獣除《よ》けの柵《さく》もぐらついていた。あれも新しくしたほうがいい。何か修理に使える道具を貸してもらえますか？」

自分の家や家財道具は自分で修理するというのも、こうした僻地に暮らす人々の生活の一部である。

かつてのウォルがそうだったように。

当然、そのための道具はあるはずと思ったのだ。

ポーラが眼を見張って尋ねてくる。

「……ウォルさまは大工なのですか？」

「いや、友人の父親が腕のいい職人だったのです。使い方は一通り手ほどきしてもらいました」

予想通り、ポーラが出してくれた大工道具は長年使い込まれ、よく手入れされていた。

ウォルは気になった部分に、片端《かたはし》から手をつけていった。

獣除けの柵だけでなく、階段の手すりも修理して、馬具を修理し、ベック爺を手伝《つだ》って雑草まで刈り、ポーラが台所に新しい棚を吊ろうと言っているのを聞いて、そのための板も削《けず》り出《だ》した。

おかげで召使いのテス夫人は大喜びである。

「まあ、まあ。ウォルさま。ありがとうございます。本当に助かります」

「時間があれば、棚もつくっていきたいところだが、それはベック爺に任せることにしよう」

一日の働きとしてはかなりの重労働だが、こんな仕事は、かつてのウォルにとっては日常だった。

故郷のスーシャは深い森の中で、これほど急峻《きゅうしゅん》な山の中ではなかったが、そのくらいの違いである。

ダルシニ家の女性たちにしてみれば、ありがたいなどという言葉では到底足らない。

この働きに報《むく》いねば女が廃《すた》る。

テス夫人もポーラも、腕によりを掛けたご馳走《ちそう》で客人をもてなしたのである。

夜にはウォルの狩った猪の肉が供《きょう》された。

丁寧《ていねい》に下処理をした上、一晩寝かせて、葡萄酒《ぶどうしゅ》でじっくり煮込んである。

猪肉特有の生臭さはまったく感じない。

舌鼓《したつづみ》を打ちながら、ウォルはポーラを賞賛した。

「いや、実に美味《うま》い。本当に久しぶりの家庭の味だ。母も料理が得意な人でしたが、ポーラどのの腕前はたいしたものです」

「お口にあって、よかった」

嬉しそうに微笑《ほほえ》むポーラの背後では、テス夫人が納得したように頷いている。家庭料理が久しぶりということは、ウォルに食事をつくってくれる奥方はいないのだと判断したらしい。

育った環境に共通点があるからか、二人の話題はつきなかった。

ウォルにとって、こんなに身構えずに若い女性と楽しく話ができるのは本当に久しぶりだった。

強《し》いて言うならエンドーヴァー夫人は例外だが、彼女にとっても、ウォルはかつて親しかった田舎の若者などではない。国王である。

自然と態度も言葉遣《づか》いもあらたまったものになる。

仕方のないことだが、そうなると、こちらも昔のままというわけにはいかないのだ。

ポーラに対しては何も気取らず、故郷についても、ウォルは懐かしげに語ったのである。

「夏にはよく湖で泳いだものです」

「その湖は、魚は釣《つ》れますか？」

「ええ。——こちらでは川釣りですかな？」

「はい。父は釣りが好きで、いつも大漁《たいりょう》でした」

「俺の父もです。かなりの腕前で、母はその獲物を燻製《くんせい》にしていました」

「わたしもです。時には木屑《きくず》が足らなくなるくらいでした。もちろん、塩漬けにもしましたわ」

「俺の家もです」

山葡萄酒を楽しみながら、二人は顔を見合わせて微笑した。

少し頬《ほお》を紅潮させたポーラが言う。

「ウォルさまの故郷《ふるさと》はどんなところですか？」

現在の国王がスーシャ出身ということは国民にも知られているので、ウォルは微妙に言葉を濁《にご》した。

「都会から遠く離れた本当の田舎です。山の中ではなく、森の中でしたから、ここととは少し違いますが、何事も自分でしなければならないのは同じでした。隣家も離れているので、何日も人に会わないことも珍しくありません。冬には雪に閉じ込められ、その分、春の緑は宝石のように美しいところです」

ポーラは眼を輝かせて聞き入っている。

「お話だけでも、わくわくします。冬が厳しいのはこちらも同じですけど。子どもの頃は冬になると、家の中でしか遊べませんでした」

ウォルも大きく頷いた。

「わかります。初めて子ども用の橇《そり》をもらえた時は嬉しくて嬉しくて、一日中滑《すべ》っていました」

「まあ、素敵です。ここには子どもが滑れるような場所がないものですから……」

ポーラは頬を染めながら言ったものだ。

「ウォルさまの故郷を、一度、見てみたいです」

「辺鄙《へんぴ》な土地なので、都会からの客人は驚きますが、ポーラどのなら大丈夫でしょう」

「はい。田舎育ちには自信があります」

笑いながらポーラは答え、ウォルも笑顔で頷いた。

「俺もです」

その自分が、何の因果か今は国王だ。ポーラはその事実を知らない。ただの地方貴族と思い込んで接してくれている。

それが無性にありがたかった。

同時に少しばかり寂《さび》しかった。

しかし、今さら言えるわけもない。

最後まで知らせずにいようと思った。


翌日以降も、ウォルはよく働いた。

食料を保存しておく地下室に石灰を塗り、渓流《けいりゅう》で魚を何匹《なんびき》も釣って皆の昼食にし、大鎌《おおかま》を研《と》ぎ、水車小屋まで何度も往復して小麦を挽《ひ》く。

こんな生活のほうがよほど自分の性に合うような気もしてきたが、五日目になって、メイバリー村の者がダルシニ家にやってきた。

「お待たせしましたねえ。橋が架かりましたよ」

ウォルは作業の手を止めて、村人を迎えた。

「おお、早かったな」

「へえ。木こりのところに、橋にするための木材が蓄《たくわ》えてあるもんでね」

「それはまた、用意のいいことだ」

「亡くなった旦那《だんな》さまの言いつけなんですよ。いつ橋が流れてもいいようにって」

ウォルは顔も知らないポーラの父親に感心した。

「あなたの父君は見上げた武人だったのだな」

ポーラは曖昧《あいまい》に微笑していたが、父を褒められて嬉しく思ったのも間違いないらしい。

さて、橋が架かった以上は長居もできない。

ウォルは作業を一段落させると、馬に鞍《くら》を置き、ポーラに辞去の言葉を述べた。

「たいへんお世話になりました」

「とんでもないことです。こちらこそ、ありがとうございました。また、ぜひいらしてください」

朗《ほが》らかな笑顔で、心からの感謝を述べるポーラを名残惜しいと思ったのは否定できない。

故郷《スーシャ》を離れて、初めて、自分と同じ種類の女性に出会えたと思ったからだ。

すっかり都会の生活に染まったつもりでいたが、己《おのれ》の本質はやはり変わってはいないらしい。

それでも、昔《スーシャ》に帰ろうとは、今は思わない。

今の自分は、故郷にいた頃には知らなかった広い世界を生きている。想像もできなかった物事に対処する毎日を送っている。国内の問題だけではない。タンガもパラストも未だ油断はできず、スケニアという不気味《ぶきみ》な国の存在もある。

山道を下りながら、思えば故郷からも、ポーラの暮らすこの土地からも、ずいぶん遠いところにきてしまったものだと、ウォルは一人で苦笑した。

あの働き者の気立てのいい女性とも、もう二度と会うことはあるまい。

それを少しばかり寂しく感じている己にウォルは気づいていた。

だからといって、ここに留《とど》まることは論外だし、あの女性に窮屈《きゅうくつ》な都会暮らしは似合わない。

否応《いやおう》でも自分たちの道はここで別れるのだ。

楽しい思い出として心に留めておけばいい。

そう自らを戒《いまし》めて、ウォルは山を後にした。

あとがき

「王女誕生までの七日間」「鷹《たか》は翔んでいく」「国王の女難」は以前、舞台デルフィニア戦記の上演を記念して刊行したガイドブックに掲載した作品です。

それぞれの舞台で演じられる時期に合わせて、リィが王女になる前、結婚式の前、結婚直後を書いたものですが、今回の再録にあたり、かなり手を入れてみました。

調べてみると「王女誕生までの七日間」を書いたのは二〇一六年でした。もうそんなに経《た》ったのかと、書いた本人が驚いています。

「鷹は翔んでいく」は衣裳《いしょう》の話ですが、これを書いた後、実際に百年以上昔のデザインの服を羽織《はお》る機会がありました。想像以上に腕が動かなくて、驚いた記憶があります。

「嵐の後」はもともと「国王の女難」に含まれていた部分を、もう少し王さまのほのぼの田舎生活《いなかせいかつ》を書いてみようと思って独立させました。

「男の修行」は純粋《じゅんすい》な書きおろしです。

他と違って、これだけはシェラが主体の話ですが、いやはや、難航しました。

シェラ本人と同じく、作者もまた、どうすれば彼が『男らしく』なれるのか、さっぱりわからず、非常に頭を悩ませたのです。

以前、宝塚歌劇団トップの方のコメントを拝見したことがあります。お名前を失念してしまいましたが、その方も男を演じるというより『男になる』ために苦労したと、街中で男性の動きや仕草を熱心に観察・研究したというようなことをおっしゃっていました。比べるのもおこがましいですが、今回、自分で書いてみて、シェラの中に（私の考える）男性的要素がまったくない！　とあらためて気づいた次第です。

作者以上に、本人は恐らく、絶望的な気分だったでしょう。

それでも、彼は彼なりに頑張《がんば》っていると思います。

昨年から『家に籠《こ》もることが多くなったので、本を読む機会が増えた』というお手紙をいただくようになりました。皆さんからのお便りは何よりの励《はげ》みになります。

先日は保健所勤務の方からもお手紙をいただきましたが、本当に、たいへんなお仕事をされていると思います。

お忙《いそが》しい中、ありがとうございました。

以前の日常が一日も早く戻ってきますようにと願う一方、私の本が少しでも気晴らしになるのであれば、嬉《うれ》しい限りです。

作者にできるのはお話を書くことだけですので、来年も、なるべく間を空《あ》けずに、また皆さんに新刊をお届けできるよう頑張ります。

茅田砂胡

「王女誕生までの七日間」
　二〇一六年十二月『デルフィニア戦記公式ガイドブック』（中央公論新社刊）収録作に加筆
「鷹は翔んでいく」
　二〇一八年十一月『デルフィニア戦記公式ガイドブック2』（中央公論新社刊）収録作に加筆
「国王の女難」
　二〇一九年六月『デルフィニア戦記公式ガイドブック3』（中央公論新社刊）収録作に加筆
「男の修行」
　書きおろし
「嵐の後」
　『デルフィニア戦記公式ガイドブック3』掲載時、「国王の女難」に含まれていた部分に大幅な加筆をした上で単独作に改編

ご感想・ご意見は
下記中央公論新社住所、または
e-mail：cnovels@chuko.co.jpまで
お送りください。

C★NOVELS Fantasia

国王《こくおう》の受難《じゅなん》
――デルフィニア戦記外伝《せんきがいでん》4

2021年12月25日　初版発行

著　者　茅田《かやた》砂胡《すなこ》

発行者　松田陽三

発行所　中央公論新社
〒100-8152　東京都千代田区大手町1-7-1
電話　販売　03-5299-1730　編集　03-5299-1930
URL http://www.chuko.co.jp/

DTP　ハンズ・ミケ

印　刷　三晃印刷（本文）
大熊整美堂（カバー・表紙）

製　本　小泉製本

Published by CHUOKORON-SHINSHA, INC.
Printed in Japan　ISBN978-4-12-501443-2 C0293

茅田砂胡の本

天使たちの課外活動

リィとシェラは、ルウに一緒に課外活動を始めようと誘われた。しかし——存在だけでも目立つのに、「一般市民」を装う金銀黒天使がかかわって平穏にすむはずもなく……。新シーズン開幕。

1 天使たちの課外活動
2 ライジャの靴下
3 テオの日替り料理店
4 アンヌの野兎
5 笑顔の代償
6 テオの秘密のレストラン
7 ガーディ少年と暁の天使（上）
8 ガーディ少年と暁の天使（下）

イラスト／鈴木理華